W0199348

CLASSIQUES & CIE
LYCÉE

Voltaire

Zadig ou la Destinée

Histoire orientale (1748)

Collection dirigée par
Marc Robert

Notes et dossier
Marie-Catherine Kipp
certifiée de lettres classiques

Hatier

ZADIG
ou la Destinée

LIRE L'ŒUVRE

L'ŒUVRE DANS L'HISTOIRE

L'ŒUVRE DANS UN GENRE

VERS L'ÉPREUVE

ARGUMENTER, COMMENTER, RÉDIGER

Conception graphique de la maquette :
c-album Jean-Baptiste Taisne, Rachel Pfleger
Principe de couverture : Double
Mise en pages : Chesteroc Limited
Iconographie : Hatier Illustration

© Hatier Paris, 2012
ISBN 978-2-218-96223-3

ZADIG
ou la Destinée
HISTOIRE ORIENTALE

Approbation[1]

Je soussigné, qui me suis fait passer pour savant, et même pour homme d'esprit, ai lu ce manuscrit, que j'ai trouvé, malgré moi, curieux, amusant, moral, philosophique, digne de plaire à ceux mêmes qui haïssent les romans. Ainsi je l'ai décrié et j'ai assuré Monsieur le cadilesquier[2] que c'est un ouvrage détestable[3].

---

1. *Approbation :* autorisation officielle de publier un ouvrage, qui a été délivrée par la censure. L'approbation apparaît dans la seconde édition du conte, en 1748, et non pas dans la première, parue en 1747 à Amsterdam sous le titre de *Memnon*. \ **2.** *Cadilesquier :* dignitaire turc qui surveille la religion et les lois. \ **3.** *Détestable :* Voltaire ironise sur l'attitude du censeur royal Crébillon, qui a refusé l'approbation à sa pièce *Mahomet* en 1742.

Épître dédicatoire[1] à la sultane Sheraa[2] par Sadi[3]

Le 18 du mois de Schewal[4], l'an 837 de l'hégire[5].

Charme des prunelles, tourment des cœurs, lumière de l'esprit, je ne baise point la poussière de vos pieds, parce que vous ne marchez guère, ou que vous marchez sur des tapis d'Iran ou sur des roses. Je vous offre la traduction d'un livre d'un ancien sage, qui, ayant le bonheur de n'avoir rien à faire, eut celui de s'amuser à écrire l'histoire de *Zadig* : ouvrage qui dit plus qu'il ne semble dire. Je vous prie de le lire et d'en juger : car, quoique vous soyez dans le printemps de votre vie, quoique tous les plaisirs vous cherchent, quoique vous soyez belle, et que vos talents ajoutent à votre beauté ; quoiqu'on vous loue du soir au matin, et que par toutes ces raisons vous soyez en droit de n'avoir pas le sens commun ; cependant vous avez l'esprit très sage, et le goût très fin, et je vous ai entendue raisonner mieux que de vieux derviches[6] à longue barbe et à bonnet pointu. Vous êtes discrète, et vous n'êtes point défiante ; vous êtes douce sans être faible ; vous êtes bienfaisante avec discernement : vous aimez vos amis, et vous ne vous faites point d'ennemis. Votre esprit n'emprunte jamais ses

1. *Épître dédicatoire :* lettre dédiée à la personne que l'on veut ainsi honorer. \ **2.** *Sheraa :* nom de l'étoile Sirius et allusion à Schéhérazade, la sultane des *Contes des mille et une nuits*. \ **3.** *Sadi :* poète persan du XIIIe siècle. Le *Gulistan* de Sadi a été traduit en français au XVIIe siècle. \ **4.** *Schewal :* dix-huitième mois de l'année musulmane. \ **5.** *Hégire :* début de l'ère musulmane (622). La date de l'épître correspond donc à 1459 de notre ère. \ **6.** *Derviches :* religieux musulmans.

agréments des traits de la médisance ; vous ne dites de mal, ni n'en faites, malgré la prodigieuse facilité que vous y auriez. Enfin votre âme m'a toujours paru pure comme votre beauté. Vous avez même un petit fonds de philosophie qui m'a fait croire que vous prendriez plus de goût qu'une autre à cet ouvrage d'un sage.

Il fut écrit d'abord en ancien chaldéen[1], que ni vous ni moi n'entendons[2]. On le traduisit en arabe, pour amuser le célèbre sultan Ouloughbeg[3]. C'était du temps où les Arabes et les Persans commençaient à écrire des *Mille et Une Nuits*[4], des *Mille et Un Jours*, etc. Ouloug aimait mieux la lecture de *Zadig* ; mais les sultanes aimaient mieux les *Mille et un*. « Comment pouvez-vous préférer, leur disait le sage Ouloug, des contes qui sont sans raison et qui ne signifient rien ? – C'est précisément pour cela que nous les aimons », répondaient les sultanes.

Je me flatte que vous ne leur ressemblerez pas, et que vous serez un vrai Ouloug. J'espère que, quand vous serez lasse des conversations générales, qui ressemblent assez aux *Mille et un*, à cela près qu'elles sont moins amusantes, je pourrai trouver une minute pour avoir l'honneur de vous parler raison. Si vous aviez été Thalestris[5], du temps de Scander, fils de Philippe ; si vous aviez été la reine de Sabée[6] du temps de Soleiman, c'eussent été ces rois qui auraient fait le voyage.

Je prie les vertus célestes que vos plaisirs soient sans mélange, votre beauté durable, et votre bonheur sans fin.

Sadi.

1. *Chaldéen :* langue alors parlée en Chaldée, c'est-à-dire la Babylonie et la Mésopotamie (actuellement l'Iran et l'Irak). \ **2.** *N'entendons :* ne comprenons. \ **3.** Ouloughbeg a régné sur la Perse au XVe siècle. \ **4.** *Mille et Une Nuits :* contes arabes traduits en français par Galland en 1704. \ **5.** *Thalestris :* reine des Amazones qui voulait un fils d'Alexandre (*Scander*, en arabe). \ **6.** *Reine de Sabée :* reine de Saba qui, selon la Bible et le Coran, alla voir le sage roi Salomon (*Soleiman*, en arabe) en Palestine.

Chapitre 1

Le Borgne

Du temps du roi Moabdar[1] il y avait à Babylone[2] un jeune homme nommé Zadig[3], né avec un beau naturel fortifié par l'éducation. Quoique riche et jeune, il savait modérer ses passions, il n'affectait rien[4], il ne voulait point toujours avoir raison, et savait respecter la faiblesse des hommes. On était étonné de voir qu'avec beaucoup d'esprit il n'insultât jamais par des railleries à ces propos si vagues, si rompus[5], si tumultueux, à ces médisances téméraires, à ces décisions ignorantes, à ces turlupinades[6] grossières, à ce vain bruit de paroles, qu'on appelait conversation dans Babylone. Il avait appris dans le premier livre de Zoroastre[7] que l'amour-propre est un ballon gonflé de vent, dont il sort des tempêtes quand on lui fait une piqûre. Zadig surtout ne se vantait pas de mépriser les femmes et de les subjuguer[8]. Il était généreux ; il ne craignait point d'obliger[9] des ingrats, suivant ce grand précepte de Zoroastre : « Quand tu manges, donne à manger aux chiens, dussent-ils te mordre. » Il était aussi sage qu'on peut l'être, car il cherchait à vivre avec des sages. Instruit dans les sciences des anciens Chaldéens[10], il n'ignorait pas les

---

1. *Moabdar :* mot inventé par Voltaire à partir de *Moab*, pays voisin de la Palestine. \ **2.** *Babylone :* ville de la Mésopotamie (actuellement l'Irak). Voir « L'œuvre dans l'histoire », p. 124. \ **3.** *Zadig :* « le juste », en hébreu. \ **4.** *Il n'affectait rien :* il avait peu d'ambition. \ **5.** *Rompus :* décousus, comme dans l'expression « parler à bâtons rompus ». \ **6.** *Turlupinades :* plaisanteries grossières. (Turlupin était un acteur de farces du XVIIe siècle.) \ **7.** *Zoroastre :* prophète persan du VIIe siècle av. J.-C. Voir « L'œuvre dans l'histoire », p. 128. \ **8.** *Subjuguer :* séduire. \ **9.** *Obliger :* rendre service à. \ **10.** *Chaldéens :* Babyloniens.

principes physiques de la nature tels qu'on les connaissait alors, et savait de la métaphysique ce qu'on a su dans tous les âges, c'est-à-dire fort peu de chose. Il était fermement persuadé que l'année était de trois cent soixante et cinq jours et un quart, malgré la nouvelle philosophie de son temps, et que le soleil était au centre du monde[1] ; et quand les principaux mages lui disaient avec une hauteur insultante qu'il avait de mauvais sentiments, et que c'était être ennemi de l'État que de croire que le soleil tournait sur lui-même et que l'année avait douze mois, il se taisait sans colère et sans dédain.

Zadig, avec de grandes richesses, et par conséquent avec des amis, ayant de la santé, une figure aimable, un esprit juste et modéré, un cœur sincère et noble, crut qu'il pouvait être heureux. Il devait se marier à Sémire[2], que sa beauté, sa naissance et sa fortune rendaient le premier parti de Babylone. Il avait pour elle un attachement solide et vertueux, et Sémire l'aimait avec passion. Ils touchaient au moment fortuné[3] qui allait les unir, lorsque, se promenant ensemble vers une porte de Babylone, sous les palmiers qui ornaient le rivage de l'Euphrate[4], ils virent venir à eux des hommes armés de sabres et de flèches. C'étaient les satellites[5] du jeune Orcan[6], neveu d'un ministre, à qui les courtisans de son oncle avaient fait accroire[7] que tout lui était permis. Il n'avait aucune des grâces ni des vertus de Zadig ; mais croyant valoir beaucoup mieux, il était désespéré de n'être pas préféré. Cette jalousie, qui ne venait que de sa vanité, lui fit penser qu'il aimait éperdument Sémire. Il voulait l'enlever. Les ravisseurs la saisirent, et dans

1. Voltaire fait allusion aux recherches de Galilée sur l'astronomie (héliocentrisme), qui s'opposent au système antique de Ptolémée (géocentrisme). \ **2.** *Sémire :* dérivé de *Sémiramis*, reine de Babylone, type de l'infidélité conjugale. \ **3.** *Fortuné :* heureux. \ **4.** *Euphrate :* fleuve de Babylone. \ **5.** *Satellites :* gardes du corps. \ **6.** *Orcan :* quasi-anagramme de *Rohan* (voir « L'œuvre dans l'histoire », p. 121). \ **7.** *Accroire :* croire.

les emportements de leur violence ils la blessèrent, et firent couler le sang d'une personne dont la vue aurait attendri les tigres du mont Imaüs[1]. Elle perçait le ciel de ses plaintes. Elle s'écriait : « Mon cher époux ! on m'arrache à ce que j'adore ! » Elle n'était point occupée de son danger ; elle ne pensait qu'à son cher Zadig. Celui-ci, dans le même temps, la défendait avec toute la force que donnent la valeur et l'amour. Aidé seulement de deux esclaves, il mit les ravisseurs en fuite et ramena chez elle Sémire, évanouie et sanglante, qui en ouvrant les yeux vit son libérateur. Elle lui dit : « Ô Zadig ! je vous aimais comme mon époux ; je vous aime comme celui à qui je dois l'honneur et la vie. » Jamais il n'y eut un cœur plus pénétré[2] que celui de Sémire. Jamais bouche plus ravissante n'exprima des sentiments plus touchants par ces paroles de feu qu'inspirent le sentiment du plus grand des bienfaits et le transport le plus tendre de l'amour le plus légitime. Sa blessure était légère ; elle guérit bientôt. Zadig était blessé plus dangereusement ; un coup de flèche reçu près de l'œil lui avait fait une plaie profonde. Sémire ne demandait aux dieux que la guérison de son amant[3]. Ses yeux étaient nuit et jour baignés de larmes : elle attendait le moment où ceux de Zadig pourraient jouir de ses regards ; mais un abcès survenu à l'œil blessé fit tout craindre. On envoya jusqu'à Memphis[4] chercher le grand médecin Hermès[5], qui vint avec un nombreux cortège. Il visita le malade, et déclara qu'il perdrait l'œil ; il prédit même le jour et l'heure où ce funeste accident devait arriver. « Si c'eût été l'œil droit, dit-il, je l'aurais guéri ; mais les plaies de l'œil gauche sont incurables. » Tout Babylone, en plaignant la destinée de Zadig, admira la profondeur de la

TEXTE 19

1. *Mont Imaüs :* Himalaya. \ **2.** *Pénétré :* aimant. \ **3.** *Amant :* qui aime et qui est aimé. \ **4.** *Memphis :* capitale de l'ancienne Égypte. \ **5.** *Hermès :* Hermès Trismégiste (« Trois fois plus grand »), ou dieu égyptien Toth, fondateur des sciences et de la médecine.

science d'Hermès. Deux jours après, l'abcès perça de lui-même ; Zadig fut guéri parfaitement. Hermès écrivit un livre où il lui prouva qu'il n'avait pas dû guérir[1]. Zadig ne le lut point : mais dès qu'il put sortir, il se prépara à rendre visite à celle qui faisait l'espérance du bonheur de sa vie et pour qui seule il voulait avoir des yeux. Sémire était à la campagne depuis trois jours. Il apprit en chemin que cette belle dame, ayant déclaré hautement qu'elle avait une aversion insurmontable pour les borgnes, venait de se marier à Orcan, la nuit même. À cette nouvelle, il tomba sans connaissance ; sa douleur le mit au bord du tombeau ; il fut longtemps malade ; mais enfin la raison l'emporta sur son affliction, et l'atrocité de ce qu'il éprouvait servit même à le consoler.

« Puisque j'ai essuyé, dit-il, un si cruel caprice d'une fille élevée à la cour, il faut que j'épouse une citoyenne. » Il choisit Azora[2], la plus sage et la mieux née de la ville ; il l'épousa et vécut un mois avec elle dans les douceurs de l'union la plus tendre. Seulement il remarquait en elle un peu de légèreté et beaucoup de penchant à trouver toujours que les jeunes gens les mieux faits étaient ceux qui avaient le plus d'esprit et de vertu.

1. *N'avait pas dû :* n'aurait pas dû (latinisme). \ **2.** *Azora :* « la brillante », en arabe.

Chapitre 2

Le Nez

Un jour Azora revint d'une promenade tout en colère et faisant de grandes exclamations. « Qu'avez-vous, lui dit-il, ma chère épouse ? qui vous peut mettre ainsi hors de vous-même ? – Hélas ! dit-elle, vous seriez indigné comme moi si vous aviez vu le spectacle dont je viens d'être témoin. J'ai été consoler la jeune veuve Cosrou, qui vient d'élever depuis deux jours un tombeau à son jeune époux auprès du ruisseau qui borde cette prairie. Elle a promis aux dieux, dans sa douleur, de demeurer auprès de ce tombeau tant que l'eau de ce ruisseau coulerait auprès. – Eh bien, dit Zadig, voilà une femme estimable, qui aimait véritablement son mari ! Ah, reprit Azora, si vous saviez à quoi elle s'occupait quand je lui ai rendu visite ! À quoi donc, belle Azora ? – Elle faisait détourner le ruisseau. » Azora se répandit en des invectives si longues, éclata en reproches si violents contre la jeune veuve, que ce faste de vertu[1] ne plut pas à Zadig.

Il avait un ami, nommé Cador[2], qui était un de ces jeunes gens à qui sa femme trouvait plus de probité[3] et de mérite qu'aux autres : il le mit dans sa confidence, et s'assura, autant qu'il le pouvait, de sa fidélité par un présent considérable. Azora, ayant passé deux jours chez une de ses amies à la campagne, revint le troisième jour à la maison. Des domestiques

1. *Ce faste de vertu :* cet étalage de vertu. \ **2.** *Cador :* « le tout-puissant ». \ **3.** *Probité :* honnêteté.

en pleurs lui annoncèrent que son mari était mort subitement la nuit même, qu'on n'avait pas osé lui porter cette funeste nouvelle, et qu'on venait d'ensevelir Zadig dans le tombeau de ses pères, au bout du jardin. Elle pleura, s'arracha les cheveux, et jura de mourir. Le soir, Cador lui demanda la permission de lui parler, et ils pleurèrent tous deux. Le lendemain, ils pleurèrent moins, et dînèrent[1] ensemble. Cador lui confia que son ami lui avait laissé la plus grande partie de son bien, et lui fit entendre qu'il mettrait son bonheur à partager sa fortune avec elle. La dame pleura, se fâcha, s'adoucit ; le souper fut plus long que le dîner ; on se parla avec plus de confiance : Azora fit l'éloge du défunt ; mais elle avoua qu'il avait des défauts dont Cador était exempt.

Au milieu du souper, Cador se plaignit d'un mal de rate violent ; la dame, inquiète et empressée, fit apporter toutes les essences dont elle se parfumait, pour essayer s'il n'y en avait pas quelqu'une qui fût bonne pour le mal de rate ; elle regretta beaucoup que le grand Hermès[2] ne fût pas encore à Babylone ; elle daigna même toucher le côté où Cador sentait de si vives douleurs. « Êtes-vous sujet à cette cruelle maladie ? lui dit-elle avec compassion. – Elle me met quelquefois au bord du tombeau, lui répondit Cador, et il n'y a qu'un seul remède qui puisse me soulager ; c'est de m'appliquer sur le côté le nez d'un homme qui soit mort la veille. – Voilà un étrange remède, dit Azora. – Pas plus étrange, répondit-il, que les sachets du Sieur Arnou[3] contre l'apoplexie[4]. »

Cette raison, jointe à l'extrême mérite du jeune homme, détermina enfin la dame. « Après tout, dit-elle, quand mon

1. *Dînèrent :* déjeunèrent. \ **2.** Voir le chapitre précédent, p. 13. \ **3.** Il y avait dans ce temps un Babylonien nommé Arnou, qui guérissait et prévenait toutes les apoplexies, dans les gazettes, avec un sachet pendu au cou. *(Note de Voltaire)* \ **4.** *Arnou :* Arnoult était célèbre à l'époque de Voltaire pour son remède contre l'apoplexie.

mari passera du monde d'hier dans le monde du lendemain sur le pont Tchinavar[1], l'Ange Asraël[2] lui accordera-t-il moins de passage, parce que son nez sera un peu moins long dans la seconde vie que dans la première ? » Elle prit donc un rasoir ; elle alla au tombeau de son époux, l'arrosa de ses larmes, et s'approcha pour couper le nez à Zadig, qu'elle trouva tout étendu dans la tombe. Zadig se relève en tenant son nez d'une main et arrêtant le rasoir de l'autre. « Madame, lui dit-il, ne criez plus tant contre la jeune Cosrou ; le projet de me couper le nez vaut bien celui de détourner un ruisseau. »

1. *Tchinavar :* selon la doctrine de Zoroastre, pont où étaient jugées les âmes avant d'accéder au paradis. \ **2.** *Asraël :* ange qui sépare l'âme du corps, dans la religion musulmane.

Chapitre 3

Le Chien et le Cheval

Zadig éprouva que le premier mois du mariage, comme il est écrit dans le livre du *Zend*[1], est la lune du miel, et que le second est la lune de l'absinthe[2]. Il fut quelque temps après obligé de répudier Azora qui était devenue trop difficile à vivre, et il chercha son bonheur dans l'étude de la nature. « Rien n'est plus heureux, disait-il, qu'un philosophe qui lit dans ce grand livre que Dieu a mis sous nos yeux. Les vérités qu'il découvre sont à lui ; il nourrit et il élève son âme ; il vit tranquille ; il ne craint rien des hommes, et sa tendre épouse ne vient point lui couper le nez. »

Plein de ces idées, il se retira dans une maison de campagne sur les bords de l'Euphrate. Là il ne s'occupait pas à calculer combien de pouces[3] d'eau coulaient en une seconde sous les arches d'un pont, ou s'il tombait une ligne cube[4] de pluie dans le mois de la souris plus que dans le mois du mouton[5]. Il n'imaginait point de faire de la soie avec des toiles d'araignée, ni de la porcelaine avec des bouteilles cassées[6] ; mais il étudia surtout les propriétés des animaux et des plantes, et il acquit bientôt une sagacité qui lui découvrait mille différences où les autres hommes ne voient rien que d'uniforme.

---

1. *Zend :* commentaire de l'Avesta, livre de Zoroastre. \ **2.** *Absinthe :* plante amère dont on extrait une liqueur. \ **3.** *Pouce :* ancienne mesure équivalant environ à 27 mm. \ **4.** *Ligne cube :* le douzième du pouce, environ 2,25 mm. \ **5.** *Mois du mouton :* mois de l'astrologie chinoise. \ **6.** Allusion satirique aux travaux de Bon de Saint-Hilaire et de Réaumur, contemporains de Voltaire.

Un jour, se promenant auprès d'un petit bois, il vit accourir à lui un eunuque[1] de la reine, suivi de plusieurs officiers qui paraissaient dans la plus grande inquiétude, et qui couraient çà et là, comme des hommes égarés qui cherchent ce qu'ils ont perdu de plus précieux : « Jeune homme, lui dit le premier eunuque, n'avez-vous point vu le chien de la reine ? » Zadig répondit modestement : « C'est une chienne, et non pas un chien. – Vous avez raison, reprit le premier eunuque. – C'est une épagneule très petite, ajouta Zadig. Elle a fait depuis peu des chiens ; elle boite du pied gauche de devant, et elle a les oreilles très longues. – Vous l'avez donc vue ? dit le premier eunuque tout essoufflé. – Non, répondit Zadig, je ne l'ai jamais vue, et je n'ai jamais su si la reine avait une chienne. »

Précisément dans le même temps, par une bizarrerie ordinaire de la fortune[2], le plus beau cheval de l'écurie du roi s'était échappé des mains d'un palefrenier[3] dans les plaines de Babylone. Le grand veneur[4] et tous les autres officiers couraient après lui avec autant d'inquiétude que le premier eunuque après la chienne. Le grand veneur s'adressa à Zadig et lui demanda s'il n'avait point vu passer le cheval du roi. « C'est, répondit Zadig, le cheval qui galope le mieux ; il a cinq pieds[5] de haut, le sabot fort petit ; il porte une queue de trois pieds et demi de long ; les bossettes[6] de son mors sont d'or à vingt-trois carats[7] ; ses fers sont d'argent à onze deniers[8]. – Quel chemin a-t-il pris ? où est-il ? demanda le grand veneur. – Je ne l'ai point vu, répondit Zadig, et je n'en ai jamais entendu parler. »

1. *Eunuque :* esclave castré, gardien de harem. \ **2.** *Fortune :* sort, hasard. \ **3.** *Palefrenier :* domestique chargé de l'entretien des chevaux. \ **4.** *Grand veneur :* officier chargé de la chasse à courre. \ **5.** *Cinq pieds :* 1,65 m. \ **6.** *Bossettes :* ornements du mors. \ **7.** Or quasiment pur. \ **8.** Argent quasiment pur.

Le grand veneur et le premier eunuque ne doutèrent pas que Zadig n'eût volé le cheval du roi et la chienne de la reine ; ils le firent conduire devant l'assemblée du grand desterham[1], qui le condamna au knout[2] et à passer le reste de ses jours en Sibérie. À peine le jugement fut-il rendu qu'on retrouva le cheval et la chienne. Les juges furent dans la douloureuse nécessité de réformer leur arrêt ; mais ils condamnèrent Zadig à payer quatre cents onces d'or[3] pour avoir dit qu'il n'avait point vu ce qu'il avait vu. Il fallut d'abord payer cette amende, après quoi il fut permis à Zadig de plaider sa cause au conseil du grand desterham ; il parla en ces termes :

« Étoiles de justice, abîmes de science, miroirs de vérité, qui avez la pesanteur du plomb, la dureté du fer, l'éclat du diamant et beaucoup d'affinité avec l'or ! Puisqu'il m'est permis de parler devant cette auguste assemblée, je vous jure par Orosmade[4] que je n'ai jamais vu la chienne respectable de la reine, ni le cheval sacré du roi des rois. Voilà ce qui m'est arrivé. Je me promenais vers le petit bois, où j'ai rencontré depuis le vénérable eunuque et le très illustre grand veneur. J'ai vu sur le sable les traces d'un animal, et j'ai jugé aisément que c'étaient celles d'un petit chien. Des sillons légers et longs, imprimés de petites éminences de sable, entre les traces des pattes, m'ont fait connaître[5] que c'était une chienne dont les mamelles étaient pendantes, et qu'ainsi elle avait fait des petits il y a peu de jours. D'autres traces en un sens différent, qui paraissaient toujours avoir rasé la surface du sable à côté des pattes de devant, m'ont appris qu'elle avait les oreilles très longues ; et, comme j'ai remarqué que le sable était toujours moins creusé par une patte que par les trois autres, j'ai compris que la chienne de notre auguste reine était un peu boiteuse, si je l'ose dire.

1. *Desterham :* trésorier. \ **2.** *Knout :* bastonnade chez les Russes. \ **3.** Environ 12,5 kg d'or. \ **4.** *Orosmade :* le principe du Bien (Ozmuzd). \ **5.** *Connaître :* comprendre.

À l'égard du cheval du roi des rois, vous saurez que, me promenant dans les routes de ce bois, j'ai aperçu les marques des fers d'un cheval ; elles étaient toutes à égales distances. « Voilà, ai-je dit, un cheval qui a un galop parfait. » La poussière des arbres, dans une route étroite qui n'a que sept pieds de large, était un peu enlevée à droite et à gauche, à trois pieds et demi du milieu de la route. « Ce cheval, ai-je dit, a une queue de trois pieds et demi, qui, par ses mouvements de droite et de gauche, a balayé cette poussière. » J'ai vu sous les arbres, qui formaient un berceau de cinq pieds de haut, les feuilles des branches nouvellement tombées, et j'ai connu que ce cheval y avait touché, et qu'ainsi il avait cinq pieds de haut. Quant à son mors, il doit être d'or à vingt-trois carats : car il a frotté les bossettes contre une pierre que j'ai reconnue être une pierre de touche[1] et que j'ai fait l'essai. J'ai jugé enfin, par les marques que ses fers ont laissées sur des cailloux d'une autre espèce, qu'il était ferré d'argent à onze deniers de fin[2]. »

Tous les juges admirèrent le profond et subtil discernement de Zadig ; la nouvelle en vint jusqu'au roi et à la reine. On ne parlait que de Zadig dans les antichambres, dans la chambre et dans le cabinet[3] ; et quoique plusieurs mages opinassent[4] qu'on devait le brûler comme sorcier, le roi ordonna qu'on lui rendît l'amende des quatre cents onces d'or à laquelle il avait été condamné. Le greffier, les huissiers, les procureurs, vinrent chez lui en grand appareil[5] lui rapporter ses quatre cents onces ; ils en retinrent seulement trois cent quatre-vingt-dix-huit pour les frais de justice, et leurs valets demandèrent des honoraires.

1. *Pierre de touche :* pierre qui permet d'évaluer un métal précieux. \ **2.** *De fin :* de métal fin, d'argent fin. \ **3.** *Cabinet :* bureau de l'appartement royal. \ **4.** *Opinassent :* fussent d'avis. \ **5.** *En grand appareil :* en grande pompe, très solennellement.

Zadig vit combien il était dangereux quelquefois d'être trop savant, et se promit bien, à la première occasion, de ne point dire ce qu'il avait vu.

Cette occasion se trouva bientôt. Un prisonnier d'État s'échappa ; il passa sous les fenêtres de sa maison. On interrogea Zadig, il ne répondit rien ; mais on lui prouva qu'il avait regardé par la fenêtre. Il fut condamné pour ce crime à cinq cents onces d'or, et il remercia ses juges de leur indulgence, selon la coutume de Babylone. « Grand Dieu ! dit-il en lui-même, qu'on est à plaindre quand on se promène dans un bois où la chienne de la reine et le cheval du roi ont passé ! qu'il est dangereux de se mettre à la fenêtre ! et qu'il est difficile d'être heureux dans cette vie ! »

Chapitre 4

L'Envieux

Zadig voulut se consoler, par la philosophie et par l'amitié, des maux que lui avait faits la fortune. Il avait, dans un faubourg de Babylone, une maison ornée avec goût, où il rassemblait tous les arts et tous les plaisirs dignes d'un honnête homme[1]. Le matin, sa bibliothèque était ouverte à tous les savants ; le soir, sa table l'était à la bonne compagnie ; mais il connut bientôt combien les savants sont dangereux. Il s'éleva une grande dispute[2] sur une loi de Zoroastre qui défendait de manger du griffon[3]. « Comment défendre le griffon, disaient les uns, si cet animal n'existe pas ? – Il faut bien qu'il existe, disaient les autres, puisque Zoroastre ne veut pas qu'on en mange. » Zadig voulut les accorder, en leur disant : « S'il y a des griffons, n'en mangeons point ; s'il n'y en a point, nous en mangerons encore moins, et par là nous obéirons tous à Zoroastre. »

Un savant, qui avait composé treize volumes sur les propriétés du griffon, et qui de plus était grand théurgite[4], se hâta d'aller accuser Zadig devant un archimage[5] nommé Yébor[6], le plus sot des Chaldéens, et partant[7] le plus fanatique. Cet homme aurait fait empaler Zadig pour la plus grande gloire du soleil, et en aurait récité le

1. *Honnête homme :* homme cultivé, idéal du XVIIe siècle. \ **2.** *Dispute :* débat, discussion. \ **3.** *Griffon :* animal fabuleux, mi-aigle, mi-lion, dont la consommation est interdite dans la Bible. \ **4.** *Théurgite :* théologien. \ **5.** *Archimage :* archiprêtre. \ **6.** *Yébor :* anagramme de *Boyer*, l'évêque de Mirepoix, avec qui Voltaire a eu des démêlés. \ **7.** *Partant* : donc.

bréviaire[1] de Zoroastre d'un ton plus satisfait. L'ami Cador (un ami vaut mieux que cent prêtres) alla trouver le vieux Yébor, et lui dit : « Vivent le soleil et les griffons ! gardez-vous bien de punir Zadig : c'est un saint ; il a des griffons dans sa basse-cour, et il n'en mange point ; et son accusateur est un hérétique[2] qui ose soutenir que les lapins ont le pied fendu[3] et ne sont point immondes. – Eh bien, dit Yébor en branlant sa tête chauve, il faut empaler Zadig pour avoir mal pensé des griffons, et l'autre pour avoir mal parlé des lapins. » Cador apaisa l'affaire par le moyen d'une fille d'honneur à laquelle il avait fait un enfant, et qui avait beaucoup de crédit dans le collège[4] des mages. Personne ne fut empalé ; de quoi plusieurs docteurs[5] murmurèrent, et en présagèrent la décadence de Babylone. Zadig s'écria : « À quoi tient le bonheur ! tout me persécute dans ce monde, jusqu'aux êtres qui n'existent pas. » Il maudit les savants, et ne voulut plus vivre qu'en bonne compagnie.

Il rassemblait chez lui les plus honnêtes gens de Babylone et les dames les plus aimables ; il donnait des soupers délicats, souvent précédés de concerts, et animés par des conversations charmantes dont il avait su bannir l'empressement de montrer de l'esprit, qui est la plus sûre manière de n'en point avoir et de gâter la société la plus brillante. Ni le choix de ses amis ni celui des mets n'étaient faits par la vanité : car en tout il préférait l'être au paraître ; et par là il s'attirait la considération véritable, à laquelle il ne prétendait pas.

Vis-à-vis sa maison demeurait Arimaze[6], personnage dont la méchante âme était peinte sur sa grossière physionomie. Il

1. *Bréviaire :* livre de prières. \ **2.** *Hérétique :* personne dont les opinions sont contraires à la religion. \ **3.** Les animaux qui n'ont pas le pied fendu sont considérés comme impurs dans la Bible et on ne peut les manger. \ **4.** *Collège :* assemblée. \ **5.** *Docteurs :* savants. \ **6.** *Arimaze :* nom qui rappelle *Ahriman*, le principe du Mal, selon Zoroastre.

était rongé de fiel[1] et bouffi d'orgueil ; et, pour comble, c'était un bel esprit ennuyeux. N'ayant jamais pu réussir dans le monde, il se vengeait par en médire[2]. Tout riche qu'il était, il avait de la peine à rassembler chez lui des flatteurs. Le bruit des chars qui entraient le soir chez Zadig l'importunait, le bruit de ses louanges l'irritait davantage. Il allait quelquefois chez Zadig, et se mettait à table sans être prié : il y corrompait[3] toute la joie de la société, comme on dit que les harpies[4] infectent les viandes qu'elles touchent. Il lui arriva un jour de vouloir donner une fête à une dame qui, au lieu de la recevoir, alla souper chez Zadig. Un autre jour, causant avec lui dans le palais, ils abordèrent un ministre qui pria Zadig à souper, et ne pria point Arimaze. Les plus implacables haines n'ont pas souvent des fondements plus importants. Cet homme, qu'on appelait l'Envieux dans Babylone, voulut perdre Zadig qu'on appelait l'Heureux. L'occasion de faire du mal se trouve cent fois par jour, et celle de faire du bien une fois dans l'année, comme dit Zoroastre[5].

L'Envieux alla chez Zadig, qui se promenait dans ses jardins avec deux amis et une dame, à laquelle il disait souvent des choses galantes, sans autre intention que celle de les dire. La conversation roulait sur une guerre que le roi venait de terminer heureusement contre le prince d'Hyrcanie[6], son vassal. Zadig, qui avait signalé son courage dans cette courte guerre, louait beaucoup le roi, et encore plus la dame. Il prit ses tablettes, et écrivit quatre vers qu'il fit sur-le-champ et qu'il donna à lire à cette belle personne. Ses amis le prièrent de leur en faire part ; la modestie, ou plutôt un amour-propre bien entendu, l'en empêcha. Il savait que des vers

1. *Fiel :* méchanceté. \ **2.** *Par en médire :* en en médisant (tournure archaïque). \ **3.** *Corrompait :* gâtait. \ **4.** *Harpies :* femmes ailées de la mythologie grecque, qui représentent la souillure. \ **5.** Invention de Voltaire. \ **6.** *Hyrcanie :* région de la Perse.

impromptus[1] ne sont jamais bons que pour celle en l'honneur de qui ils sont faits : il brisa en deux la feuille des tablettes sur laquelle il venait d'écrire, et jeta les deux moitiés dans un buisson de roses où on les chercha inutilement. Une petite pluie survint ; on regagna la maison. L'envieux, qui resta dans le jardin, chercha tant qu'il trouva un morceau de la feuille. Elle avait été tellement rompue que chaque moitié de vers qui remplissait la ligne faisait un sens, et même un vers d'une plus petite mesure[2] ; mais par un hasard encore plus étrange, ces petits vers se trouvaient former un sens qui contenait les injures les plus horribles contre le roi. On y lisait :

Par les plus grands forfaits
Sur le trône affermi,
Dans la publique paix
C'est le seul ennemi.

L'envieux fut heureux pour la première fois de sa vie. Il avait entre les mains de quoi perdre un homme vertueux et aimable. Plein de cette cruelle joie, il fit parvenir jusqu'au roi cette satire écrite de la main de Zadig : on le fit mettre en prison, lui, ses deux amis et la dame. Son procès lui fut bientôt fait, sans qu'on daignât l'entendre. Lorsqu'il vint recevoir sa sentence, l'envieux se trouva sur son passage, et lui dit tout haut que ses vers ne valaient rien. Zadig ne se piquait pas d'être[3] un bon poète ; mais il était au désespoir d'être condamné comme criminel de lèse-majesté et de voir qu'on retînt en prison une belle dame et deux amis pour un crime qu'il n'avait pas fait. On ne lui permit pas de parler, parce que ses tablettes parlaient. Telle était la loi de Babylone. On le fit donc aller au supplice à travers une foule de curieux, dont aucun n'osait le plaindre, et qui se précipitaient pour examiner

1. *Impromptus :* improvisés. \ **2.** *Un vers d'une plus petite mesure :* un vers plus court, composé de moins de syllabes. \ **3.** *Ne se piquait pas d'être :* ne prétendait pas être.

son visage et pour voir s'il mourrait avec bonne grâce. Ses parents seulement étaient affligés, car ils n'héritaient pas. Les trois-quarts de son bien étaient confisqués au profit du roi, et l'autre quart au profit de l'envieux.

Dans le temps qu'il se préparait à la mort, le perroquet du roi s'envola de son balcon, et s'abattit dans le jardin de Zadig sur un buisson de roses. Une pêche y avait été portée d'un arbre voisin par le vent : elle était tombée sur un morceau de tablette à écrire auquel elle s'était collée. L'oiseau enleva la pêche et la tablette, et les porta sur les genoux du monarque. Le prince, curieux, y lut des mots qui ne formaient aucun sens, et qui paraissaient des fins de vers. Il aimait la poésie, et il y a toujours de la ressource avec les princes qui aiment les vers : l'aventure de son perroquet le fit rêver[1]. La reine, qui se souvenait de ce qui avait été écrit sur une pièce de la tablette de Zadig, se la fit apporter. On confronta les deux morceaux, qui s'ajustaient ensemble parfaitement ; on lut alors les vers tels que Zadig les avaient faits :

Par les plus grands forfaits j'ai vu troubler la terre.
Sur le trône affermi, le roi sait tout dompter.
Dans la publique paix l'amour seul fait la guerre :
C'est le seul ennemi qui soit à redouter.

Le roi ordonna aussitôt qu'on fît venir Zadig devant lui, et qu'on fît sortir de prison ses deux amis et la belle dame. Zadig se jeta le visage contre terre aux pieds du roi et de la reine : il leur demanda très humblement pardon d'avoir fait de mauvais vers ; il parla avec tant de grâce, d'esprit et de raison que le roi et la reine voulurent le revoir. Il revint et plut, encore davantage. On lui donna tous les biens de l'envieux qui l'avait injustement accusé ; mais Zadig les rendit tous, et l'envieux ne fut touché que du plaisir de ne pas perdre son bien. L'estime

1. *Rêver :* réfléchir.

du roi s'accrut de jour en jour pour Zadig. Il le mettait de tous ses plaisirs et le consultait dans toutes ses affaires. La reine le regarda dès lors avec une complaisance qui pouvait devenir dangereuse pour elle, pour le roi son auguste[1] époux, pour Zadig et pour le royaume. Zadig commençait à croire qu'il n'est pas difficile d'être heureux.

1. *Auguste :* à qui l'on doit le respect.

Chapitre 5

Les Généreux

Le temps arriva où l'on célébrait une grande fête qui revenait tous les cinq ans. C'était la coutume à Babylone de déclarer solennellement, au bout de cinq années, celui des citoyens qui avait fait l'action la plus généreuse. Les grands mages étaient les juges. Le premier satrape[1], chargé du soin de la ville, exposait les plus belles actions qui s'étaient passées sous son gouvernement. On allait aux voix[2] ; le roi prononçait un jugement. On venait à cette solennité des extrémités de la terre. Le vainqueur recevait des mains du monarque une coupe d'or garnie de pierreries, et le roi lui disait ces paroles : « Recevez ce prix de la générosité, et puissent les dieux me donner beaucoup de sujets qui vous ressemblent ! »

Ce jour mémorable venu, le roi parut sur son trône, environné des grands, des mages, et des députés[3] de toutes les nations qui venaient à ces jeux, où la gloire s'acquérait non par la légèreté des chevaux, non par la force du corps, mais par la vertu. Le premier satrape rapporta à haute voix les actions qui pouvaient mériter à leurs auteurs ce prix inestimable. Il ne parla point de la grandeur d'âme avec laquelle Zadig avait rendu à l'envieux toute sa fortune : ce n'était pas une action qui méritât de disputer le prix.

1. *Satrape :* gouverneur d'une province en Perse. \ **2.** *On allait aux voix :* on allait voter. \ **3.** *Députés :* envoyés.

Il présenta d'abord un juge qui, ayant fait perdre un procès considérable à un citoyen par une méprise dont il n'était pas responsable, lui avait donné tout son bien, qui était la valeur de ce que l'autre avait perdu.

Il produisit[1] ensuite un jeune homme qui, étant éperdument épris d'une fille qu'il allait épouser, l'avait cédée à un ami près d'expirer d'amour pour elle, et qui avait encore payé la dot en cédant la fille.

Ensuite il fit paraître un soldat qui, dans la guerre d'Hyrcanie, avait donné encore un plus grand exemple de générosité. Des soldats ennemis lui enlevaient sa maîtresse, et il la défendait contre eux ; on vint lui dire que d'autres Hyrcaniens enlevaient sa mère à quelques pas de là : il quitta en pleurant sa maîtresse, et courut délivrer sa mère ; il retourna ensuite vers celle qu'il aimait, et la trouva expirante. Il voulut se tuer ; sa mère lui remontra[2] qu'elle n'avait que lui pour tout secours, et il eut le courage de souffrir[3] la vie.

Les juges penchaient pour ce soldat. Le roi prit la parole, et dit : « Son action et celle des autres sont belles ; mais elles ne m'étonnent point ; hier Zadig en a fait une qui m'a étonné. J'avais disgracié depuis quelques jours mon ministre et mon favori Coreb. Je me plaignais de lui avec violence, et tous mes courtisans m'assuraient que j'étais trop doux ; c'était à qui me dirait le plus de mal de Coreb. Je demandai à Zadig ce qu'il en pensait, et il osa en dire du bien. J'avoue que j'ai vu, dans nos histoires, des exemples qu'on a payé de son bien une erreur, qu'on a cédé sa maîtresse, qu'on a préféré une mère à l'objet de son amour ; mais je n'ai jamais lu qu'un courtisan ait parlé avantageusement d'un ministre disgracié, contre qui son souverain était en colère. Je donne vingt mille pièces d'or

1. *Produisit :* présenta. \ 2. *Remontra :* fit la démonstration. \ 3. *Souffrir :* supporter (sens classique).

à chacun de ceux dont on vient de réciter[1] les actions généreuses ; mais je donne la coupe à Zadig.

– Sire, lui dit-il, c'est Votre Majesté seule qui mérite la coupe, c'est elle qui a fait l'action la plus inouïe, puisque, étant roi, vous ne vous êtes pas fâché contre votre esclave, lorsqu'il contredisait votre passion. »

On admira le roi et Zadig. Le juge qui avait donné son bien, l'amant qui avait marié sa maîtresse à son ami, le soldat qui avait préféré le salut de sa mère à celui de sa maîtresse, reçurent les présents du monarque ; ils virent leurs noms écrits dans le livre des généreux. Zadig eut la coupe. Le roi acquit la réputation d'un bon prince, qu'il ne garda pas longtemps. Ce jour fut consacré par des fêtes plus longues que la loi ne le portait[2]. La mémoire s'en conserve encore dans l'Asie. Zadig disait : « Je suis donc enfin heureux ! » Mais il se trompait.

1. *Réciter :* raconter, proclamer (latinisme). \ **2.** *Portait :* prescrivait.

Chapitre 6

Le Ministre

Le roi avait perdu son premier ministre. Il choisit Zadig pour remplir cette place. Toutes les belles dames de Babylone applaudirent à ce choix ; car depuis la fondation de l'empire il n'y avait jamais eu de ministre si jeune. Tous les courtisans furent fâchés ; l'envieux en eut un crachement de sang, et le nez lui enfla prodigieusement. Zadig, ayant remercié le roi et la reine, alla remercier aussi le perroquet : « Bel oiseau, lui dit-il, c'est vous qui m'avez sauvé la vie, et qui m'avez fait premier ministre : la chienne et le cheval de Leurs Majestés m'avaient fait beaucoup de mal, mais vous m'avez fait du bien. Voilà donc de quoi dépendent les destins des hommes ! Mais, ajouta-t-il, un bonheur si étrange sera peut-être bientôt évanoui. » Le perroquet répondit : « Oui. » Ce mot frappa Zadig ; cependant, comme il était bon physicien [1] et qu'il ne croyait pas que les perroquets fussent prophètes, il se rassura bientôt, et se mit à exercer son ministère de son mieux.

Il fit sentir à tout le monde le pouvoir sacré des lois, et ne fit sentir à personne le poids de sa dignité. Il ne gêna point les voix du divan [2], et chaque vizir [3] pouvait avoir un avis sans lui déplaire. Quand il jugeait une affaire, ce n'était pas lui qui jugeait, c'était la loi ; mais, quand elle était trop sévère, il la tempérait, et, quand on manquait de lois, son équité [4] en faisait qu'on aurait prises pour celles de Zoroastre.

---

1. *Physicien :* naturaliste. \ **2.** *Divan :* conseil des ministres. \ **3.** *Vizir :* ministre. \ **4.** *Équité :* sens de la justice.

C'est de lui que les nations tiennent ce grand principe : qu'il vaut mieux hasarder de sauver un coupable que de condamner un innocent. Il croyait que les lois étaient faites pour secourir les citoyens autant que pour les intimider. Son principal talent était de démêler la vérité, que tous les hommes cherchent à obscurcir.

Dès les premiers jours de son administration il mit ce grand talent en usage. Un fameux négociant de Babylone était mort aux Indes ; il avait fait ses héritiers ses deux fils par portions égales, après avoir marié leur sœur, et il laissait un présent de trente mille pièces d'or à celui de ses deux fils qui serait jugé l'aimer davantage. L'aîné lui bâtit un tombeau, le second augmenta d'une partie de son héritage la dot de sa sœur ; chacun disait : « C'est l'aîné qui aime le mieux son père ; le cadet aime mieux sa sœur ; c'est à l'aîné qu'appartiennent les trente mille pièces. »

Zadig les fit venir tous deux l'un après l'autre. Il dit à l'aîné : « Votre père n'est point mort, il est guéri de sa dernière maladie, il revient à Babylone. – Dieu soit loué, répondit le jeune homme ; mais voilà un tombeau qui m'a coûté bien cher ! » Zadig dit ensuite la même chose au cadet : « Dieu soit loué, répondit-il, je vais rendre à mon père tout ce que j'ai ; mais je voudrais qu'il laissât à ma sœur ce que je lui ai donné. – Vous ne rendrez rien, dit Zadig, et vous aurez les trente mille pièces : c'est vous qui aimez le mieux votre père. »

Une fille fort riche avait fait une promesse de mariage à deux mages, et, après avoir reçu quelques mois des instructions de l'un et de l'autre, elle se trouva grosse. Ils voulaient tous deux l'épouser. « Je prendrai pour mon mari, dit-elle, celui des deux qui m'a mise en état de donner un citoyen à l'empire. – C'est moi qui ai fait cette bonne œuvre, dit l'un. – C'est moi qui ai eu cet avantage, dit l'autre. – Eh bien, répondit-elle, je reconnais pour père de l'enfant celui des deux qui lui pourra donner la meilleure éducation. » Elle accoucha d'un fils. Chacun des mages veut l'élever. La cause est portée devant Zadig. Il fait venir les deux mages. « Qu'enseigneras-tu à ton pupille[1] ? dit-il au premier. – Je lui apprendrai, dit le docteur, les huit parties d'oraison[2], la dialectique[3], l'astrologie, la démonomanie[4], ce que c'est que la substance et l'accident[5], l'abstrait et le concret, les monades et l'harmonie préétablie[6]. – Moi, dit le second, je tâcherai de le rendre juste et digne d'avoir des amis. » Zadig prononça : « Que tu sois son père ou non, tu épouseras sa mère. »

1. *Pupille :* élève. \ **2.** *Les huit parties d'oraison :* les huit catégories de mots en grammaire. \ **3.** *Dialectique :* art de discuter, d'argumenter. \ **4.** *Démonomanie :* science des démons \ **5.** *La substance et l'accident :* ce qui est permanent et ce qui dépend du hasard. \ **6.** Allusion à la philosophie de Leibniz (1646-1716). Voir « L'œuvre dans l'histoire », p. 131.

Chapitre 7

Les Disputes et les Audiences[1]

C'est ainsi qu'il montrait tous les jours la subtilité de son génie et la bonté de son âme ; on l'admirait, et cependant on l'aimait. Il passait pour le plus fortuné de tous les hommes ; tout l'empire était rempli de son nom ; toutes les femmes le lorgnaient ; tous les citoyens célébraient sa justice ; les savants le regardaient comme leur oracle ; les prêtres même avouaient qu'il en savait plus que le vieux archimage Yébor. On était bien loin alors de lui faire des procès sur les griffons ; on ne croyait que ce qui lui semblait croyable.

Il y avait une grande querelle dans Babylone, qui durait depuis quinze cents années, et qui partageait l'empire en deux sectes opiniâtres : l'une prétendait qu'il ne fallait jamais entrer dans le temple de Mithra[2] que du pied gauche ; l'autre avait cette coutume en abomination, et n'entrait jamais que du pied droit. On attendait le jour de la fête solennelle du feu sacré pour savoir quelle secte serait favorisée par Zadig. L'univers avait les yeux sur ses deux pieds, et toute la ville était en agitation et en suspens. Zadig entra dans le temple en sautant à pieds joints et il prouva ensuite, par un discours éloquent, que le Dieu du ciel et de la terre, qui n'a acception de[3] personne, ne fait pas plus de cas de la jambe gauche que de la jambe droite.

1. *Audiences :* rendez-vous où l'on écoute les problèmes soumis par une personne. \ **2.** *Mithra :* divinité de la lumière et du feu sacré dans la religion perse. Voir « L'œuvre dans l'histoire », p. 127. \ **3.** *Qui n'a acception de :* qui n'a de préférence pour.

L'envieux et sa femme prétendirent que dans son discours il n'y avait pas assez de figures[1], qu'il n'avait pas fait assez danser les montagnes et les collines[2]. « Il est sec et sans génie, disaient-ils : on ne voit chez lui ni la mer s'enfuir, ni les étoiles tomber, ni le soleil se fondre comme de la cire ; il n'a point le bon style oriental. » Zadig se contentait d'avoir le style de la raison. Tout le monde fut pour lui, non pas parce qu'il était dans le bon chemin, non pas parce qu'il était raisonnable, non pas parce qu'il était aimable, mais parce qu'il était premier vizir.

Il termina aussi heureusement le grand procès entre les mages blancs et les mages noirs[3]. Les blancs soutenaient que c'était une impiété[4] de se tourner, en priant Dieu, vers l'orient d'hiver ; les noirs assuraient que Dieu avait en horreur les prières des hommes qui se tournaient vers le couchant d'été[5]. Zadig ordonna qu'on se tournât comme on voudrait.

Il trouva ainsi le secret d'expédier le matin les affaires particulières et les générales ; le reste du jour, il s'occupait des embellissements de Babylone ; il faisait représenter des tragédies où l'on pleurait et des comédies où l'on riait ; ce qui était passé de mode depuis longtemps, et ce qu'il fit renaître parce qu'il avait du goût. Il ne prétendait pas en savoir plus que les artistes ; il les récompensait par des bienfaits et des distinctions, et n'était point jaloux en secret de leurs talents. Le soir, il amusait beaucoup le roi, et surtout la reine. Le roi disait : « Le grand ministre ! », la reine disait : « L'aimable ministre ! » et tous deux ajoutaient : « C'eût été grand dommage qu'il eût été pendu. »

1. *Figures :* figures de style, de rhétorique. \ **2.** Exemple de tournure biblique. \ **3.** *Mages blancs et mages noirs :* allusion aux prêtres catholiques (en blanc) et aux pasteurs protestants (en noir). \ **4.** *Impiété :* mépris de la religion et du sacré. \ **5.** *Couchant d'été :* le nord-ouest.

Jamais homme en place ne fut obligé de donner tant d'audiences aux dames. La plupart venaient lui parler des affaires qu'elles n'avaient point, pour en avoir une avec lui. La femme de l'envieux s'y présenta des premières ; elle lui jura par Mithra, par Zend-Avesta[1], et par le feu sacré, qu'elle avait détesté la conduite de son mari ; elle lui confia ensuite que ce mari était un jaloux, un brutal ; elle lui fit entendre que les dieux le punissaient en lui refusant les précieux effets de ce feu sacré[2] par lequel seul l'homme est semblable aux immortels : elle finit par laisser tomber sa jarretière ; Zadig la ramassa avec sa politesse ordinaire, mais il ne la rattacha point au genou de la dame ; et cette petite faute, si c'en est une, fut la cause des plus horribles infortunes. Zadig n'y pensa pas, et la femme de l'envieux y pensa beaucoup.

D'autres dames se présentaient tous les jours. Les annales[3] secrètes de Babylone prétendent qu'il succomba une fois, mais qu'il fut tout étonné de jouir sans volupté, et d'embrasser son amante avec distraction. Celle à qui il donna, presque sans s'en apercevoir, des marques de sa protection, était une femme de chambre de la reine Astarté[4]. Cette tendre Babylonienne se disait à elle-même pour se consoler : « Il faut que cet homme-là ait prodigieusement d'affaires dans la tête, puisqu'il y songe encore même en faisant l'amour. » Il échappa à Zadig, dans les instants où plusieurs personnes ne disent mot, et où d'autres ne prononcent que des paroles sacrées, de s'écrier tout d'un coup : « La reine ! » La Babylonienne crut qu'enfin il était revenu à lui dans un bon moment et qu'il lui disait : « Ma reine ! » Mais Zadig, toujours très distrait, prononça le nom d'Astarté. La dame, qui dans ces heureuses circonstances interprétait tout à

1. *Zend-Avesta :* textes sacrés de Zoroastre. \ **2.** *Feu sacré :* rite de la religion perse qui révèle la présence d'Orosmade (voir note 4, p. 21). \ **3.** *Annales :* chroniques relatant les événements année par année. \ **4.** *Astarté :* déesse du Ciel chez les Chaldéens.

son avantage, s'imagina que cela voulait dire : « Vous êtes plus belle que la reine Astarté ! » Elle sortit du sérail[1] de Zadig avec de très beaux présents. Elle alla conter son aventure à l'envieuse, qui était son amie intime : celle-ci fut cruellement piquée de la préférence. « Il n'a pas daigné seulement, dit-elle, me rattacher ma jarretière que voici, et dont je ne veux plus me servir. – Oh ! oh ! dit la fortunée à l'envieuse, vous portez les mêmes jarretières que la reine ! Vous les prenez donc chez la même faiseuse ? » L'envieuse rêva profondément, ne répondit rien, et alla consulter son mari l'envieux.

Cependant Zadig s'apercevait qu'il avait toujours des distractions quand il donnait des audiences et quand il jugeait ; il ne savait à quoi les attribuer : c'était là sa seule peine.

Il eut un songe : il lui semblait qu'il était couché d'abord sur des herbes sèches, parmi lesquelles il y en avait quelques-unes de piquantes qui l'incommodaient, et qu'ensuite il reposait mollement sur un lit de roses, dont il sortait un serpent qui le blessait au cœur de sa langue acérée et envenimée. « Hélas ! disait-il, j'ai été longtemps couché sur ces herbes sèches et piquantes, je suis maintenant sur le lit de roses ; mais quel sera le serpent ? »

1. *Sérail* : palais.

Chapitre 8

La Jalousie

Le malheur de Zadig vint de son bonheur même, et surtout de son mérite. Il avait tous les jours des entretiens avec le roi et avec Astarté, son auguste épouse. Les charmes de la conversation redoublaient encore par cette envie de plaire qui est à l'esprit ce que la parure est à la beauté ; sa jeunesse et ses grâces firent insensiblement sur Astarté une impression dont elle ne s'aperçut pas d'abord. Sa passion croissait dans le sein de l'innocence. Astarté se livrait sans scrupule et sans crainte au plaisir de voir et d'entendre un homme cher à son époux et à l'État ; elle ne cessait de le vanter au roi ; elle en parlait à ses femmes qui enchérissaient encore sur ses louanges ; tout servait à enfoncer dans son cœur le trait [1] qu'elle ne sentait pas. Elle faisait des présents à Zadig, dans lesquels il entrait plus de galanterie [2] qu'elle ne pensait ; elle croyait ne lui parler qu'en reine contente de ses services, et quelquefois ses expressions étaient d'une femme sensible.

Astarté était beaucoup plus belle que cette Sémire qui haïssait tant les borgnes, et que cette autre femme qui avait voulu couper le nez à son époux. La familiarité d'Astarté, ses discours tendres, dont elle commençait à rougir, ses regards, qu'elle voulait détourner, et qui se fixaient sur les siens, allumèrent dans le cœur de Zadig un feu dont il s'étonna.

---

1. *Trait :* flèche de Cupidon, le dieu de l'Amour. \ **2.** *Galanterie :* coquetterie, séduction (sens classique).

Il combattit ; il appela à son secours la philosophie, qui l'avait toujours secouru ; il n'en tira que des lumières [1], et n'en reçut aucun soulagement. Le devoir, la reconnaissance, la majesté souveraine violée, se présentaient à ses yeux comme des dieux vengeurs ; il combattait, il triomphait ; mais cette victoire, qu'il fallait remporter à tout moment, lui coûtait des gémissements et des larmes. Il n'osait plus parler à la reine avec cette douce liberté qui avait eu tant de charmes pour tous deux ; ses yeux se couvraient d'un nuage ; ses discours étaient contraints [2] et sans suite ; il baissait la vue ; et quand, malgré lui, ses regards se tournaient vers Astarté, ils rencontraient ceux de la reine mouillés de pleurs, dont il partait des traits de flamme ; ils semblaient se dire l'un à l'autre : « Nous nous adorons, et nous craignons de nous aimer ; nous brûlons tous deux d'un feu que nous condamnons. »

Zadig sortait d'auprès d'elle égaré, éperdu, le cœur surchargé d'un fardeau qu'il ne pouvait plus porter : dans la violence de ses agitations, il laissa pénétrer [3] son secret à son ami Cador, comme un homme qui, ayant soutenu longtemps les atteintes d'une vive douleur, fait enfin connaître son mal par un cri qu'un redoublement aigu lui arrache, et par la sueur froide qui coule sur son front.

Cador lui dit : « J'ai déjà démêlé les sentiments que vous vouliez vous cacher à vous-même ; les passions ont des signes auxquels on ne peut se méprendre. Jugez, mon cher Zadig, puisque j'ai lu dans votre cœur, si le roi n'y découvrira pas un sentiment qui l'offense. Il n'a d'autre défaut que celui d'être le plus jaloux des hommes. Vous résistez à votre passion avec plus de force que la reine ne combat la sienne, parce que vous êtes philosophe et parce que vous êtes Zadig. Astarté est

1. *Lumières :* explications. \ 2. *Contraints :* sans spontanéité, sans naturel. \ 3. *Pénétrer :* deviner.

femme ; elle laisse parler ses regards avec d'autant plus d'imprudence qu'elle ne se croit pas encore coupable. Malheureusement rassurée sur son innocence, elle néglige des dehors nécessaires. Je tremblerai pour elle tant qu'elle n'aura rien à se reprocher. Si vous étiez d'accord l'un et l'autre, vous sauriez tromper tous les yeux : une passion naissante et combattue éclate ; un amour satisfait sait se cacher. » Zadig frémit à la proposition de trahir le roi, son bienfaiteur ; et jamais il ne fut plus fidèle à son prince que quand il fut coupable envers lui d'un crime involontaire. Cependant la reine prononçait si souvent le nom de Zadig, son front se couvrait de tant de rougeur en le prononçant, elle était tantôt si animée, tantôt si interdite[1], quand elle parlait en présence du roi ; une rêverie si profonde s'emparait d'elle quand il était sorti, que le roi fut troublé. Il crut tout ce qu'il voyait et imagina tout ce qu'il ne voyait point. Il remarqua surtout que les babouches de sa femme étaient bleues, et que les babouches de Zadig était bleues, que les rubans de sa femme étaient jaunes et que le bonnet de Zadig était jaune : c'étaient là de terribles indices pour un prince délicat[2]. Les soupçons se tournèrent en certitudes dans son esprit aigri.

Tous les esclaves des rois et des reines sont autant d'espions de leurs cœurs. On pénétra bientôt qu'Astarté était tendre, et que Moabdar était jaloux. L'envieux engagea l'envieuse à envoyer au roi sa jarretière, qui ressemblait à celle de la reine. Par surcroît de malheur, cette jarretière était bleue. Le monarque ne songea plus qu'à la manière de se venger. Il résolut une nuit d'empoisonner la reine, et de faire mourir Zadig par le cordeau[3], au point du jour. L'ordre en fut donné à un impitoyable eunuque, exécuteur des vengeances. Il y

1. *Interdite :* saisie, choquée. \ **2.** *Délicat :* susceptible. \ **3.** *Cordeau :* petite corde utilisée dans les étranglements.

avait alors dans la chambre du roi un petit nain qui était muet, mais qui n'était pas sourd. On le souffrait[1] toujours : il était témoin de ce qui se passait de plus secret, comme un animal domestique. Ce petit muet était attaché à la reine et à Zadig. Il entendit, avec autant de surprise que d'horreur, donner l'ordre de leur mort. Mais comment faire pour prévenir[2] cet ordre effroyable, qui allait s'exécuter dans peu d'heures ? Il ne savait pas écrire, mais il avait appris à peindre, et savait surtout faire ressembler. Il passa une partie de la nuit à crayonner ce qu'il voulait faire entendre à la reine. Son dessin représentait le roi agité de fureur, dans un coin du tableau, donnant des ordres à son eunuque ; un cordeau bleu et un vase sur la table, avec des jarretières bleues et des rubans jaunes ; la reine dans le milieu du tableau, expirante entre les bras de ses femmes, et Zadig étranglé à ses pieds. L'horizon représentait un soleil levant, pour marquer que cette horrible exécution devait se faire aux premiers rayons de l'aurore. Dès qu'il eut fini cet ouvrage, il courut chez une femme d'Astarté, la réveilla, et lui fit entendre qu'il fallait dans l'instant même porter ce tableau à la reine.

Cependant, au milieu de la nuit, on vient frapper à la porte de Zadig ; on le réveille ; on lui donne un billet de la reine ; il doute si c'est un songe. Il ouvre la lettre d'une main tremblante. Quelle fut sa surprise, et qui pourrait exprimer la consternation et le désespoir dont il fut accablé, quand il lut ces paroles : « Fuyez, dans l'instant même, ou l'on va vous arracher la vie. Fuyez, Zadig, je vous l'ordonne au nom de notre amour et de mes rubans jaunes. Je n'étais point coupable ; mais je sens que je vais mourir criminelle. »

Zadig eut à peine la force de parler. Il ordonna qu'on fît venir Cador, et, sans lui rien dire, il lui donna ce billet. Cador

1. *On le souffrait :* on consentait à sa présence. \ 2. *Prévenir :* devancer, empêcher.

le força d'obéir et de prendre sur-le-champ la route de Memphis. « Si vous osez aller trouver la reine, lui dit-il, vous hâtez sa mort ; si vous parlez au roi, vous la perdez encore. Je me charge de sa destinée ; suivez la vôtre. Je répandrai le bruit que vous avez pris la route des Indes. Je viendrai bientôt vous trouver, et je vous apprendrai ce qui se sera passé à Babylone. » Cador, dans le moment même, fit placer deux dromadaires des plus légers à la course vers une porte secrète du palais ; il fit monter Zadig, qu'il fallut porter et qui était près de rendre l'âme. Un seul domestique l'accompagna ; et bientôt Cador, plongé dans l'étonnement et dans la douleur, perdit son ami de vue.

Cet illustre fugitif, arrivé sur le bord d'une colline dont [1] on voyait Babylone, tourna la vue sur le palais de la reine, et s'évanouit ; il ne reprit ses sens que pour verser des larmes et pour souhaiter la mort. Enfin, après s'être occupé de la destinée déplorable de la plus aimable des femmes et de la première reine du monde, il fit un moment de retour sur lui-même et s'écria : « Qu'est-ce donc que la vie humaine ? Ô vertu ! à quoi m'avez-vous servi ? Deux femmes m'ont indignement trompé, la troisième qui n'est point coupable, et qui est plus belle que les autres, va mourir ! Tout ce que j'ai fait de bien a toujours été pour moi une source de malédictions, et je n'ai été élevé au comble de la grandeur que pour tomber dans le plus horrible précipice de l'infortune. Si j'eusse été méchant comme tant d'autres, je serais heureux comme eux. » Accablé de ces réflexions funestes, les yeux chargés du voile de la douleur, la pâleur de la mort sur le visage, et l'âme abîmée dans [2] l'excès d'un sombre désespoir, il continuait son voyage vers l'Égypte.

1. *Dont :* d'où. \ **2.** *Abîmée dans :* plongée dans.

Chapitre 9

La Femme battue

Zadig dirigeait sa route sur les étoiles. La constellation d'Orion et le brillant astre de Sirius[1] le guidaient vers le pôle de Canope[2]. Il admirait ces vastes globes de lumière qui ne paraissent que de faibles étincelles à nos yeux, tandis que la terre, qui n'est en effet qu'un point imperceptible dans la nature, paraît à notre cupidité quelque chose de si grand et de si noble. Il se figurait alors les hommes tels qu'ils sont en effet[3], des insectes se dévorant les uns les autres sur un petit atome de boue. Cette image vraie semblait anéantir ses malheurs en lui retraçant le néant de son être et celui de Babylone. Son âme s'élançait jusque dans l'infini, et contemplait, détachée de ses sens, l'ordre immuable de l'univers[4]. Mais lorsque ensuite, rendu à lui-même[5] et rentrant dans son cœur, il pensait qu'Astarté était peut-être morte pour lui, l'univers disparaissait à ses yeux, et il ne voyait dans la nature entière qu'Astarté mourante et Zadig infortuné.

Comme il se livrait à ce flux et à ce reflux de philosophie sublime et de douleur accablante, il avançait vers les frontières de l'Égypte ; et déjà son domestique fidèle était dans la première bourgade, où il lui cherchait un logement. Zadig cependant[6] se promenait vers les jardins qui bordaient ce

1. *Sirius :* étoile la plus brillante. \ **2.** *Canope :* étoile qui indique le sud. \ **3.** *En effet :* en réalité (allusion aux *Pensées* de Pascal, aux « deux infinis », à la « disproportion de l'homme »). \ **4.** L'organisation stable de l'univers. \ **5.** *Rendu à lui-même :* ayant repris ses esprits. \ **6.** *Cependant :* pendant ce temps (sens classique).

village. Il vit, non loin du grand chemin, une femme éplorée qui appelait le ciel et la terre à son secours, et un homme furieux[1] qui la suivait. Elle était déjà atteinte par lui, elle embrassait[2] ses genoux. Cet homme l'accablait de coups et de reproches. Il jugea, à la violence de l'Égyptien et aux pardons réitérés que lui demandait la dame, que l'un était un jaloux et l'autre une infidèle ; mais quand il eut considéré cette femme, qui était d'une beauté touchante, et qui même ressemblait un peu à la malheureuse Astarté, il se sentit pénétré de compassion pour elle et d'horreur pour l'Égyptien. « Secourez-moi, s'écria-t-elle à Zadig avec des sanglots ; tirez-moi des mains du plus barbare des hommes, sauvez-moi la vie. »

À ces cris, Zadig courut se jeter entre elle et ce barbare. Il avait quelque connaissance de la langue égyptienne. Il lui dit en cette langue : « Si vous avez quelque humanité, je vous conjure de respecter la beauté et la faiblesse. Pouvez-vous outrager ainsi un chef-d'œuvre de la nature, qui est à vos pieds, et qui n'a pour sa défense que des larmes ? – Ah ! ah ! lui dit cet emporté, tu l'aimes donc aussi ; et c'est de toi qu'il faut que je me venge. » En disant ces paroles, il laisse la dame qu'il tenait d'une main par les cheveux, et, prenant sa lance, il veut en percer l'étranger. Celui-ci, qui était de sang-froid, évita aisément le coup d'un furieux. Il se saisit de la lance près du fer dont elle est armée. L'un veut la retirer, l'autre l'arracher. Elle se brise en leurs mains. L'Égyptien tire son épée ; Zadig s'arme de la sienne. Il s'attaquent l'un l'autre. Celui-ci porte cent coups précipités ; celui-là les pare avec adresse. La dame, assise sur un gazon, rajuste sa coiffure et les regarde. L'Égyptien était plus robuste que son adversaire ; Zadig était plus adroit. Celui-ci se battait en homme dont la tête

1. *Furieux :* en furie. \ 2. *Embrassait :* entourait de ses bras ; allusion à la posture de supplication dans la Grèce antique.

conduisait le bras et celui-là comme un emporté, dont une colère aveugle guidait les mouvements au hasard. Zadig passe à lui[1] et le désarme ; et, tandis que l'Égyptien, devenu plus furieux, veut se jeter sur lui, il le saisit, le presse, le fait tomber en lui tenant l'épée sur la poitrine ; il lui offre de lui donner la vie. L'Égyptien, hors de lui, tire son poignard ; il en blesse Zadig dans le temps même que le vainqueur lui pardonnait. Zadig, indigné, lui plonge son épée dans le sein. L'Égyptien jette un cri horrible, et meurt en se débattant.

Zadig alors s'avança vers la dame, et lui dit d'une voix soumise[2] : « Il m'a forcé de le tuer : je vous ai vengée ; vous êtes délivrée de l'homme le plus violent que j'aie jamais vu. Que voulez-vous maintenant de moi, Madame ? – Que tu meures, scélérat, lui répondit-elle, que tu meures ; tu as tué mon amant ; je voudrais pouvoir déchirer ton cœur. – En vérité, Madame, vous aviez là un étrange homme pour amant, lui répondit Zadig ; il vous battait de toutes ses forces, il voulait m'arracher la vie parce que vous m'avez conjuré de vous secourir. – Je voudrais qu'il me battît encore, reprit la dame en poussant des cris. Je le méritais bien, je lui avais donné de la jalousie. Plût au Ciel qu'il me battît, et que tu fusses à sa place ! » Zadig, plus surpris et plus en colère qu'il ne l'avait été de sa vie, lui dit : « Madame, toute belle que vous êtes, vous mériteriez que je vous battisse à mon tour, tant vous êtes extravagante ; mais je n'en prendrai pas la peine. » Là-dessus, il remonta sur son chameau et avança vers le bourg. À peine avait-il fait quelques pas qu'il se retourne au bruit que faisaient quatre courriers[3] de Babylone. Ils venaient à toute bride. L'un d'eux, en voyant cette femme, s'écria : « C'est elle-même, elle ressemble au portrait qu'on nous en a fait. » Ils ne

1. *Passe à lui* : s'avance vers lui (vocabulaire de l'escrime). \ **2.** *Soumise* : respectueuse (sens classique). \ **3.** *Courriers* : envoyés.

s'embarrassèrent pas du mort et se saisirent incontinent[1] de la dame. Elle ne cessait de crier à Zadig : « Secourez-moi encore une fois, étranger généreux ! Je vous demande pardon de m'être plainte de vous. Secourez-moi, et je suis à vous jusqu'au tombeau. » L'envie avait passé à Zadig de se battre désormais pour elle. « À d'autres ! répondit-il ; vous ne m'y attraperez plus. »

D'ailleurs il était blessé, son sang coulait, il avait besoin de secours ; et la vue des quatre Babyloniens, probablement envoyés par le roi Moabdar, le remplissait d'inquiétude. Il s'avance en hâte vers le village, n'imaginant pas pourquoi quatre courriers de Babylone venaient prendre cette Égyptienne, mais encore plus étonné du caractère de cette dame.

1. *Incontinent :* sur le champ, aussitôt.

Chapitre 10

L'Esclavage

Comme il entrait dans la bourgade égyptienne, il se vit entouré par le peuple. Chacun criait : « Voilà celui qui a enlevé la belle Missouf, et qui vient d'assassiner Clétofis ! » « Messieurs, dit-il, Dieu me préserve d'enlever jamais votre belle Missouf ! elle est trop capricieuse, et, à l'égard de Clétofis, je ne l'ai point assassiné, je me suis défendu seulement contre lui. Il voulait me tuer, parce que je lui avais demandé très humblement grâce pour la belle Missouf, qu'il battait impitoyablement. Je suis un étranger qui vient chercher un asile dans l'Égypte ; et il n'y a pas d'apparence[1] qu'en venant demander votre protection, j'aie commencé par enlever une femme, et par assassiner un homme. »

Les Égyptiens étaient alors justes et humains. Le peuple conduisit Zadig à la maison de ville. On commença par le faire panser de sa blessure, et ensuite on l'interrogea, lui et son domestique séparément, pour savoir la vérité. On reconnut que Zadig n'était point un assassin ; mais il était coupable du sang d'un homme ; la loi le condamnait à être esclave. On vendit au profit de la bourgade ses deux chameaux ; on distribua aux habitants tout l'or qu'il avait apporté ; sa personne fut exposée en vente dans la place publique, ainsi que celle de son compagnon de voyage. Un marchand arabe, nommé Sétoc[2], y mit l'enchère ; mais le valet, plus propre à la

1. *Il n'y a pas d'apparence :* il n'est pas vraisemblable. \ **2** *Sétoc* : proche de *Sadok*, « le juste ».

fatigue[1], fut vendu bien plus chèrement que le maître. On ne faisait pas de comparaison entre ces deux hommes. Zadig fut donc esclave subordonné à son valet : on les attacha ensemble avec une chaîne qu'on leur passa aux pieds, et en cet état ils suivirent le marchand arabe dans sa maison. Zadig, en chemin, consolait son domestique et l'exhortait à la patience ; mais, selon sa coutume, il faisait des réflexions sur la vie humaine. « Je vois, lui disait-il, que les malheurs de ma destinée se répandent sur la tienne. Tout m'a tourné jusqu'ici d'une façon bien étrange. J'ai été condamné à l'amende pour avoir vu passer une chienne ; j'ai pensé[2] être empalé pour un griffon ; j'ai été envoyé au supplice parce que j'avais fait des vers à la louange du roi ; j'ai été sur le point d'être étranglé parce que la reine avait des rubans jaunes ; et me voici esclave avec toi parce qu'un brutal a battu sa maîtresse. Allons, ne perdons point courage ; tout ceci finira peut-être ; il faut bien que les marchands arabes aient des esclaves ; et pourquoi ne le serais-je pas comme un autre, puisque je suis un homme comme un autre ? Ce marchand ne sera pas impitoyable ; il faut qu'il traite bien ses esclaves, s'il en veut tirer des services. » Il parlait ainsi, et, dans le fond de son cœur, il était occupé du sort de la reine de Babylone.

Sétoc, le marchand, partit deux jours après pour l'Arabie déserte[3], avec ses esclaves et ses chameaux. Sa tribu habitait vers le désert d'Horeb[4]. Le chemin fut long et pénible. Sétoc, dans la route, faisait bien plus de cas du valet que du maître, parce que le premier chargeait bien mieux les chameaux ; et toutes les petites distinctions furent pour lui.

Un chameau mourut à deux journées d'Horeb ; on répartit sa charge sur le dos de chacun des serviteurs ; Zadig en eut sa

1. *Plus propre à la fatigue :* plus apte à supporter la fatigue. \ **2.** *J'ai pensé :* j'ai failli (sens classique). \ **3.** *L'Arabie déserte :* le désert de Syrie. \ **4.** *Le désert d'Horeb :* le désert d'Égypte, le Sinaï.

part. Sétoc se mit à rire en voyant tous ses esclaves marcher courbés. Zadig prit la liberté de lui en expliquer la raison, et lui apprit les lois de l'équilibre. Le marchand, étonné, commença à le regarder d'un autre œil. Zadig, voyant qu'il avait excité sa curiosité, la redoubla en lui apprenant beaucoup de choses qui n'étaient point étrangères à son commerce ; les pesanteurs spécifiques des métaux et des denrées sous un volume égal ; les propriétés de plusieurs animaux utiles ; le moyen de rendre tels ceux qui ne l'étaient pas ; enfin il lui parut un sage. Sétoc lui donna la préférence sur son camarade qu'il avait tant estimé. Il le traita bien, et n'eut pas sujet de s'en repentir.

Arrivé dans sa tribu, Sétoc commença par redemander cinq cents onces d'argent à un Hébreu auquel il les avait prêtées en présence de deux témoins ; mais ces deux témoins étaient morts, et l'Hébreu, ne pouvant être convaincu[1], s'appropriait l'argent du marchand, en remerciant Dieu de ce qu'il lui avait donné le moyen de tromper un Arabe. Sétoc confia sa peine à Zadig, qui était devenu son conseil[2]. « En quel endroit, demanda Zadig, prêtâtes-vous vos cinq cents onces à cet infidèle ? – Sur une large pierre, répondit le marchand, qui est auprès du mont Horeb. – Quel est le caractère de votre débiteur ? dit Zadig. – Celui d'un fripon, reprit Sétoc. – Mais je vous demande si c'est un homme vif ou flegmatique, avisé ou imprudent. – C'est de tous les mauvais payeurs, dit Sétoc, le plus vif que je connaisse. – Eh bien, insista Zadig, permettez que je plaide votre cause devant le juge. » En effet, il cita l'Hébreu au tribunal, et il parla ainsi au juge : « Oreiller du trône d'équité, je viens redemander à cet homme, au nom de mon maître, cinq cents onces d'argent, qu'il ne veut pas rendre. – Avez-vous des témoins ? dit le juge. – Non, ils sont

1. *Convaincu :* reconnu coupable. \ 2. *Conseil :* conseiller.

morts ; mais il reste une large pierre sur laquelle l'argent fut compté ; et, s'il plaît à Votre Grandeur d'ordonner qu'on aille chercher la pierre, j'espère qu'elle portera témoignage ; nous resterons ici, l'Hébreu et moi, en attendant que la pierre vienne ; je l'enverrai chercher aux dépens de[1] Sétoc, mon maître. – Très volontiers », répondit le juge. Et il se mit à expédier d'autres affaires.

À la fin de l'audience : « Eh bien, dit-il à Zadig, votre pierre n'est pas encore venue ? » L'Hébreu, en riant, répondit : « Votre Grandeur resterait ici jusqu'à demain que la pierre ne serait pas encore arrivée ; elle est à plus de six milles[2] d'ici, et il faudrait quinze hommes pour la remuer. – Eh bien, s'écria Zadig, je vous avais bien dit que la pierre porterait témoignage ; puisque cet homme sait où elle est, il avoue donc que c'est sur elle que l'argent fut compté. » L'Hébreu, déconcerté, fut bientôt contraint de tout avouer. Le juge ordonna qu'il serait lié à la pierre, sans boire ni manger, jusqu'à ce qu'il eût rendu les cinq cents onces, qui furent bientôt payées.

L'esclave Zadig et la pierre furent en grande recommandation[3] dans l'Arabie.

1. *Aux dépens de :* aux frais de. \ **2.** *Six milles :* une dizaine de km, environ. \ **3.** *En grande recommandation :* en grande estime.

Chapitre 11

Le Bûcher

Sétoc, enchanté, fit de son esclave son ami intime. Il ne pouvait pas plus se passer de lui qu'avait fait le roi de Babylone ; et Zadig fut heureux que Sétoc n'eût point de femme. Il découvrait dans son maître un naturel porté au bien, beaucoup de droiture et de bon sens. Il fut fâché de voir qu'il adorait l'armée céleste [1], c'est-à-dire le soleil, la lune et les étoiles, selon l'ancien usage d'Arabie. Il lui en parlait quelquefois avec beaucoup de discrétion. Enfin il lui dit que c'étaient des corps comme les autres, qui ne méritaient pas plus son hommage qu'un arbre ou un rocher. « Mais, disait Sétoc, ce sont des êtres éternels dont nous tirons tous nos avantages ; ils animent la nature ; ils règlent les saisons ; ils sont d'ailleurs si loin de nous qu'on ne peut pas s'empêcher de les révérer. – Vous recevez plus d'avantages, répondit Zadig, des eaux de la mer Rouge, qui portent vos marchandises aux Indes. Pourquoi ne serait-elle pas aussi ancienne que les étoiles ? Et, si vous adorez ce qui est éloigné de vous, vous devez adorer la terre des Gangarides [2], qui est aux extrémités du monde. – Non, disait Sétoc, les étoiles sont trop brillantes pour que je ne les adore pas. » Le soir venu, Zadig alluma un grand nombre de flambeaux dans la tente où il devait souper avec Sétoc ; et, dès que son patron parut, il se jeta à genoux

1. Culte des astres, appelé sabisme (de *sabba,* « armée céleste » en arabe). \ **2.** *Gangarides :* habitants des régions voisines du Gange.

devant ces cires allumées, et leur dit : « Éternelles et brillantes clartés, soyez-moi toujours propices. » Ayant proféré ces paroles, il se mit à table sans regarder Sétoc. « Que faites-vous donc ? lui dit Sétoc étonné. – Je fais comme vous, répondit Zadig ; j'adore ces chandelles, et je néglige leur maître et le mien. » Sétoc comprit le sens profond de cet apologue[1]. La sagesse de son esclave entra dans son âme ; il ne prodigua plus son encens aux créatures, et adora l'être éternel qui les a faites.

Il y avait alors dans l'Arabie une coutume affreuse, venue originairement de Scythie[2], et qui, s'étant établie dans les Indes par le crédit des bracmanes[3], menaçait d'envahir tout l'Orient. Lorsqu'un homme marié était mort et que sa femme bien-aimée voulait être sainte, elle se brûlait en public sur le corps de son mari. C'était une fête solennelle qui s'appelait le bûcher du veuvage. La tribu dans laquelle il y avait eu le plus de femmes brûlées était la plus considérée. Un Arabe de la tribu de Sétoc étant mort, sa veuve, nommée Almona, qui était fort dévote[4], fit savoir le jour et l'heure où elle se jetterait dans le feu au son des tambours et des trompettes. Zadig remontra à Sétoc combien cette horrible coutume était contraire au bien du genre humain ; qu'on laissait brûler tous les jours de jeunes veuves qui pouvaient donner des enfants à l'État, ou du moins élever les leurs ; et il le fit convenir qu'il fallait, si on pouvait, abolir un usage si barbare. Sétoc répondit : « Il y a plus de mille ans que les femmes sont en possession de[5] se brûler. Qui de nous osera changer une loi que le temps a consacrée ? Y a-t-il rien de plus respectable qu'un ancien abus ? – La raison est plus ancienne, reprit Zadig. Parlez aux chefs des tribus, et je vais trouver la jeune veuve. »

1. *Apologue :* bref récit à dimension morale. Voir « L'œuvre dans un genre », p. 163. \ **2.** *Scythie :* région au nord de la mer Noire. \ **3.** *Bracmanes* ou *brahmanes :* caste la plus élevée des prêtres de l'hindouisme. \ **4.** *Dévote :* très pieuse. \ **5.** *Sont en possession de :* peuvent légitimement.

Il se fit présenter à elle ; et, après s'être insinué dans son esprit[1] par des louanges sur sa beauté, après lui avoir dit combien c'était dommage de mettre au feu tant de charmes, il la loua encore sur sa constance et sur son courage. « Vous aimiez donc prodigieusement votre mari ? dit-il. – Moi ? Point du tout, répondit la dame arabe. C'était un brutal, un jaloux, un homme insupportable ; mais je suis fermement résolue de me jeter sur son bûcher. – Il faut, dit Zadig, qu'il y ait apparemment un plaisir bien délicieux à être brûlée vive. – Ah ! cela fait frémir la nature, dit la dame ; mais il faut en passer par là. Je suis dévote ; je serais perdue de réputation, et tout le monde se moquerait de moi, si je ne me brûlais pas. » Zadig, l'ayant fait convenir qu'elle se brûlait pour les autres, et par vanité, lui parla longtemps d'une manière à lui faire aimer un peu la vie, et parvint même à lui inspirer quelque bienveillance pour celui qui lui parlait. « Que feriez-vous enfin, lui dit-il, si la vanité de vous brûler ne vous tenait pas ? – Hélas ! dit la dame, je crois que je vous prierais de m'épouser. »

Zadig était trop rempli de l'idée d'Astarté pour ne pas éluder[2] cette déclaration ; mais il alla dans l'instant trouver les chefs des tribus, leur dit ce qui s'était passé, et leur conseilla de faire une loi par laquelle il ne serait pas permis à une veuve de se brûler qu'après avoir entretenu[3] un jeune homme, tête à tête, pendant une heure entière. Depuis ce temps, aucune dame ne se brûla en Arabie. On eut au seul Zadig l'obligation d'avoir détruit en un jour une coutume si cruelle, qui durait depuis tant de siècles. Il était donc le bienfaiteur de l'Arabie.

1. *S'être insinué dans son esprit :* avoir gagné sa confiance. \ **2.** *Éluder :* éviter. \ **3.** *Avoir entretenu :* s'être entretenu avec.

Chapitre 12

Le Souper

TEXTE 10

Sétoc, qui ne pouvait se séparer de cet homme en qui habitait la sagesse, le mena à la grande foire de Balzora[1], où devaient se rendre les plus grands négociants de la terre habitable. Ce fut pour Zadig une consolation sensible de voir tant d'hommes de diverses contrées réunis dans la même place. Il lui paraissait que l'univers était une grande famille qui se rassemblait à Balzora. Il se trouva à table, dès le second jour, avec un Égyptien, un Indien gangaride[2], un habitant du Cathay[3], un Grec, un Celte[4], et plusieurs autres étrangers qui, dans leurs fréquents voyages vers le golfe arabique[5], avaient appris assez d'arabe pour se faire entendre. L'Égyptien paraissait fort en colère. « Quel abominable pays que Balzora ! disait-il ; on m'y refuse mille onces d'or[6] sur le meilleur effet[7] du monde. – Comment donc ! dit Sétoc ; sur quel effet a-t-on refusé cette somme ? – Sur le corps de ma tante, répondit l'Égyptien ; c'était la plus brave femme d'Égypte. Elle m'accompagnait toujours ; elle est morte en chemin : j'en ai fait une des plus belles momies que nous ayons ; et je trouverais dans mon pays tout ce que je voudrais en la mettant en gage. Il est bien étrange qu'on ne veuille pas seulement me donner ici mille onces d'or sur un effet si solide. » Tout en se

1. *Balzora :* Bassora, aujourd'hui en Irak, à l'embouchure du Tigre. \ **2.** Voir note 2, p. 57. \ **3.** *Cathay :* nom de la Chine au Moyen Âge. \ **4.** *Celte :* Gaulois. \ **5.** *Le golfe arabique :* la mer Rouge. \ **6.** *Une once* correspond à 30,59 grammes d'or. \ **7.** *Effet :* valeur marchande.

courrouçant, il était prêt de[1] manger d'une excellente poule bouillie, quand l'Indien, le prenant par la main, s'écria avec douleur : « Ah ! qu'allez-vous faire ? – Manger de cette poule, dit l'homme à la momie. – Gardez-vous-en bien, dit le Gangaride. Il se pourrait faire que l'âme de la défunte fût passée dans le corps de cette poule, et vous ne voudriez pas vous exposer à manger votre tante. Faire cuire des poules, c'est outrager manifestement la nature. – Que voulez-vous dire avec votre nature et vos poules ? reprit le colérique Égyptien ; nous adorons un bœuf[2], et nous en mangeons bien. – Vous adorez un bœuf ! est-il possible ? dit l'homme du Gange. – Il n'y a rien de si possible, repartit l'autre ; il y a cent trente-cinq mille ans que nous en usons ainsi ; et personne parmi nous n'y trouve à redire. – Ah ! cent trente-cinq mille ans ! dit l'Indien, ce compte est un peu exagéré ; il n'y en a que quatre-vingt mille que l'Inde est peuplée, et assurément nous sommes vos anciens ; et Brahma nous avait défendu de manger des bœufs avant que vous vous fussiez avisés de les mettre sur les autels et à la broche. – Voilà un plaisant animal que votre Brahma, pour le comparer à Apis ! dit l'Égyptien ; qu'a donc fait votre Brahma de si beau ? » Le bramin[3] répondit : « C'est lui qui a appris aux hommes à lire et à écrire, et à qui toute la terre doit le jeu des échecs. – Vous vous trompez, dit un Chaldéen qui était auprès de lui ; c'est le poisson Oannès[4] à qui on doit de si grands bienfaits, et il est juste de ne rendre qu'à lui ses hommages. Tout le monde vous dira que c'était un être divin, qu'il avait la queue dorée, avec une belle tête d'homme, et qu'il sortait de l'eau pour venir prêcher à terre trois heures par jour. Il eut plusieurs enfants, qui furent rois, comme chacun sait. J'ai son portrait chez moi, que je révère comme je le dois.

1. *Prêt de :* prêt à. \ **2.** Le bœuf Apis. \ **3.** *Bramin* ou *brahmane :* prêtre hindou. \ **4.** *Oannès :* divinité chaldéenne, mi-homme, mi-poisson.

On peut manger du bœuf tant qu'on veut ; mais c'est assurément une très grande impiété de faire cuire du poisson ; d'ailleurs vous êtes tous deux d'une origine trop peu noble et trop récente pour me rien disputer[1]. La nation égyptienne ne compte que cent trente-cinq mille ans et les Indiens ne se vantent que de quatre-vingt mille, tandis que nous avons des almanachs[2] de quatre mille siècles. Croyez-moi, renoncez à vos folies, et je vous donnerai à chacun un beau portrait d'Oannès. »

L'homme de Cambalu[3], prenant la parole, dit : « Je respecte fort les Égyptiens, les Chaldéens, les Grecs, les Celtes, Brahma, le bœuf Apis, le beau poisson Oannès ; mais peut-être que le Li ou le Tien[4], comme on voudra l'appeler, vaut bien les bœufs et les poissons. Je ne dirai rien de mon pays ; il est aussi grand que la terre d'Égypte, la Chaldée et les Indes ensemble. Je ne dispute pas d'antiquité, parce qu'il suffit d'être heureux, et que c'est fort peu de chose d'être ancien ; mais, s'il faut parler d'almanachs, je dirais que toute l'Asie prend les nôtres, et que nous en avions de fort bons avant qu'on sût l'arithmétique en Chaldée. »

– Vous êtes de grands ignorants tous tant que vous êtes, s'écria le Grec ; est-ce que vous ne savez pas que le chaos[5] est le père de tout et que la forme et la matière ont mis le monde dans l'état où il est ? » Ce Grec parla longtemps ; mais il fut enfin interrompu par le Celte, qui, ayant beaucoup bu pendant qu'on disputait, se crut alors plus savant que tous les autres, et dit en jurant qu'il n'y avait que Teutath[6] et le gui de chêne qui valussent la peine qu'on en parlât ; que, pour lui, il avait

1. *Pour me rien disputer :* pour prétendre l'emporter sur moi. \ **2.** *Almanachs :* calendriers. \ **3.** *Cambalu :* Pékin. \ **4.** Mots chinois qui signifient proprement : *Li*, la lumière naturelle, la raison, et *Tien*, le Ciel ; et qui signifient aussi Dieu. *(Note de Voltaire)* **5.** *Chaos :* origine de l'univers pour les Grecs de l'Antiquité. \ **6.** *Teutath :* Toutatis, dieu gaulois équivalent de Mercure, dieu romain du Commerce et des Voyageurs (Hermès pour les Grecs).

toujours du gui dans sa poche ; que les Scythes, ses ancêtres, étaient les seuls gens de bien qui eussent jamais été au monde ; qu'ils avaient, à la vérité, quelquefois mangé des hommes, mais que cela n'empêchait pas qu'on ne dût avoir beaucoup de respect pour sa nation ; et qu'enfin, si quelqu'un parlait mal de Teutath, il lui apprendrait à vivre. La querelle s'échauffa pour lors, et Sétoc vit le moment où la table allait être ensanglantée. Zadig, qui avait gardé le silence pendant toute la dispute, se leva enfin : il s'adressa d'abord au Celte, comme au plus furieux ; il lui dit qu'il avait raison, et lui demanda du gui ; il loua le Grec sur son éloquence, et adoucit tous les esprits échauffés. Il ne dit que très peu de chose à l'homme de Cathay, parce qu'il avait été le plus raisonnable de tous. Ensuite il leur dit : « Mes amis, vous alliez vous quereller pour rien, car vous êtes tous du même avis. » À ce mot, ils se récrièrent tous. « N'est-il pas vrai, dit-il au Celte, que vous n'adorez pas ce gui, mais celui qui a fait le gui et le chêne ? – Assurément, répondit le Celte. – Et vous, monsieur l'Égyptien, vous révérez apparemment dans un certain bœuf celui qui vous a donné les bœufs ? – Oui, dit l'Égyptien. – Le poisson Oannès, continua-t-il, doit céder à celui qui a fait la mer et les poissons. – D'accord, dit le Chaldéen. – L'Indien, ajouta-t-il, et le Cathayen reconnaissent comme vous un premier principe ; je n'ai pas trop bien compris les choses admirables que le Grec a dites, mais je suis sûr qu'il admet aussi un être supérieur, de qui la forme et la matière dépendent. » Le Grec, qu'on admirait, dit que Zadig avait très bien pris sa pensée. « Vous êtes donc tous de même avis, répliqua Zadig, et il n'y a pas là de quoi se quereller. » Tout le monde l'embrassa. Sétoc, après avoir vendu fort cher ses denrées, reconduisit son ami Zadig dans sa tribu. Zadig apprit en arrivant qu'on lui avait fait son procès en son absence et qu'il allait être brûlé à petit feu.

Chapitre 13

Les Rendez-Vous

Pendant son voyage à Balzora les prêtres des étoiles avaient résolu de le punir. Les pierreries et les ornements des jeunes veuves qu'ils envoyaient au bûcher leur appartenaient de droit ; c'était bien le moins qu'ils fissent brûler Zadig pour le mauvais tour qu'il leur avait joué. Ils accusèrent donc Zadig d'avoir des sentiments erronés[1] sur l'armée céleste ; ils déposèrent contre lui, et jugèrent qu'ils lui avaient entendu dire que les étoiles ne se couchaient pas dans la mer. Ce blasphème[2] effroyable fit frémir les juges ; ils furent prêts de déchirer leurs vêtements quand ils ouïrent[3] ces paroles impies, et ils l'auraient fait sans doute[4], si Zadig avait eu de quoi les payer. Mais, dans l'excès de leur douleur, ils se contentèrent de le condamner à être brûlé à petit feu. Sétoc, désespéré, employa en vain son crédit pour sauver son ami ; il fut bientôt obligé de se taire. La jeune veuve Almona, qui avait pris beaucoup de goût à la vie et qui en avait obligation à Zadig, résolut de le tirer du bûcher, dont il lui avait fait connaître l'abus. Elle roula son dessein dans sa tête, sans en parler à personne. Zadig devait être exécuté le lendemain ; elle n'avait que la nuit pour le sauver : voici comme elle s'y prit, en femme charitable et prudente.

Elle se parfuma, elle releva sa beauté par l'ajustement le plus riche et le plus galant, et alla demander une audience

TEXTE 20

1. *Erronés :* faux. \ **2.** *Blasphème :* parole offensante à l'égard du sacré. \ **3.** *Ouïrent :* entendirent. \ **4.** *Sans doute :* sans aucun doute (sens classique).

secrète au chef des prêtres des étoiles. Quand elle fut devant ce vieillard vénérable, elle lui parla en ces termes : « Fils aîné de la Grande Ourse, frère du Taureau, cousin du Grand Chien (c'étaient les titres de ce pontife[1]), je viens vous confier mes scrupules. J'ai bien peur d'avoir commis un péché énorme en ne me brûlant pas dans le bûcher de mon cher mari. En effet, qu'avais-je à conserver ? une chair périssable, et qui est déjà toute flétrie. » En disant ces paroles, elle tira de ses longues manches de soie ses bras nus, d'une forme admirable et d'une blancheur éblouissante. « Vous voyez, dit-elle, le peu que cela vaut. » Le pontife trouva dans son cœur que cela valait beaucoup. Ses yeux le dirent, et sa bouche le confirma : il jura qu'il n'avait vu de sa vie de si beaux bras. « Hélas ! lui dit la veuve, les bras peuvent être un peu moins mal que le reste ; mais vous m'avouerez que la gorge n'était pas digne de mes attentions. » Alors elle laissa voir le sein le plus charmant que la nature eût jamais formé. Un bouton de rose sur une pomme d'ivoire n'eût paru auprès que de la garance[2] sur le buis[3], et les agneaux sortant du lavoir auraient semblé d'un jaune brun. Cette gorge, ses grands yeux noirs qui languissaient en brillant doucement d'un feu tendre, ses joues animées de la plus belle pourpre[4] mêlée au blanc du lait le plus pur, son nez, qui n'était pas comme la tour du mont Liban, ses lèvres, qui étaient comme deux bordures de corail renfermant les plus belles perles de la mer d'Arabie[5], tout cela ensemble fit croire au vieillard qu'il avait vingt ans. Il fit en bégayant une déclaration tendre. Almona, le voyant enflammé, lui demanda la grâce de Zadig. « Hélas ! dit-il, ma belle dame, quand je vous accorderais sa grâce, mon indulgence ne servirait à rien ; il faut

1. *Pontife :* prêtre important. \ **2.** *Garance :* plante dont on extrait un colorant rouge. \ **3.** *Buis :* bois jaune. \ **4.** *Pourpre :* rouge foncé. \ **5.** Parodie du Cantique des cantiques de la Bible.

qu'elle soit signée de trois autres de mes confrères. – Signez toujours, dit Almona. – Volontiers, dit le prêtre, à condition que vos faveurs seront le prix de ma facilité. – Vous me faites trop d'honneur, dit Almona ; ayez seulement pour agréable de venir dans ma chambre après que le soleil sera couché, et dès que la brillante étoile Sheat[1] sera sur l'horizon. Vous me trouverez sur un sofa couleur de rose, et vous en userez comme vous pourrez avec votre servante. » Elle sortit alors emportant avec elle la signature, et laissa le vieillard plein d'amour et de défiance de ses forces. Il employa le reste du jour à se baigner ; il but une liqueur composée de cannelle de Ceylan et des précieuses épices de Tidor et de Ternate[2], et attendit avec impatience que l'étoile Sheat vînt à paraître.

Cependant la Belle Almona alla trouver le second pontife. Celui-ci l'assura que le soleil, la lune et tous les feux du firmament n'étaient que des feux follets en comparaison de ses charmes. Elle lui demanda la même grâce, et on lui proposa d'en donner le prix. Elle se laissa vaincre, et donna rendez-vous au second pontife au lever de l'étoile Algénib[3]. De là, elle passa chez le troisième et chez le quatrième prêtre, prenant toujours la signature et donnant un rendez-vous d'étoile en étoile. Alors elle fit avertir les juges de venir chez elle pour une affaire importante. Ils s'y rendirent : elle leur montra les quatre noms et leur dit à quel prix les prêtres avaient vendu la grâce de Zadig. Chacun d'eux arriva à l'heure prescrite ; chacun fut bien étonné d'y trouver ses confrères, et plus encore d'y trouver les juges, devant qui leur honte fut manifestée. Zadig fut sauvé. Sétoc fut si charmé par l'habileté d'Almona qu'il en fit sa femme. Zadig partit après s'être jeté aux pieds de sa belle libératrice. Sétoc et lui se quittèrent en pleurant,

1. *Sheat :* étoile de la constellation de Pégase. \ **2.** *Tidor* et *Ternate :* villes de l'archipel des Molluques (Indonésie). \ **3.** *Algénib :* autre étoile de la constellation de Pégase.

en se jurant une amitié éternelle et en se promettant que le premier des deux qui ferait une grande fortune en ferait part à[1] l'autre.

Zadig marcha du côté de la Syrie, toujours pensant à la malheureuse Astarté, et toujours réfléchissant sur le sort qui s'obstinait à se jouer de lui et à le persécuter. « Quoi ! disait-il, quatre cents onces d'or pour avoir vu passer une chienne ! condamné à être décapité pour quatre mauvais vers à la louange du roi ! prêt à être étranglé parce que la reine avait des babouches de la couleur de mon bonnet ! réduit en esclavage pour avoir secouru une femme qu'on battait ! et sur le point d'être brûlé pour avoir sauvé la vie à toutes les jeunes veuves arabes ! »

1. *En ferait part à :* la partagerait avec.

Chapitre 14

Le Brigand

En arrivant aux frontières qui séparent l'Arabie Pétrée [1] de la Syrie, comme il passait très près d'un château assez fort [2], des Arabes armés en sortirent. Il se vit entouré ; on lui criait : « Tout ce que vous avez nous appartient, et votre personne appartient à notre maître. » Zadig pour réponse tira son épée ; son valet, qui avait du courage, en fit autant. Ils renversèrent morts les premiers Arabes qui mirent la main sur eux ; le nombre redoubla ; ils ne s'étonnèrent [3] point, et résolurent de périr en combattant. On voyait deux hommes se défendre contre une multitude ; un tel combat ne pouvait durer longtemps. Le maître du château, nommé Arbogad, ayant vu d'une fenêtre les prodiges de valeur que faisait Zadig, conçut de l'estime pour lui. Il descendit en hâte, et vint lui-même écarter ses gens et délivrer les deux voyageurs. « Tout ce qui passe sur mes terres est à moi, dit-il, aussi bien que ce que je trouve sur les terres des autres ; mais vous me paraissez un si brave [4] homme que je vous exempte [5] de la loi commune. » Il le fit entrer dans son château, ordonnant à ses gens de le bien traiter, et, le soir, Arbogad voulut souper avec Zadig.

Le seigneur du château était un de ces arabes qu'on appelle *voleurs* ; mais il faisait quelquefois de bonnes actions parmi une foule de mauvaises ; il volait avec une rapacité furieuse, et

1. *Arabie Pétrée :* l'Arabie « fortifiée de pierres » (du latin *petra*, « roche »), au nord-est de la mer Rouge. \ **2.** *Fort :* fortifié. \ **3.** *S'étonnèrent :* s'effrayèrent (sens classique). \ **4.** *Brave :* courageux (sens classique). \ **5.** *Exempte de :* dispense de.

donnait libéralement[1] ; intrépide dans l'action, assez doux dans le commerce[2], débauché à table, gai dans la débauche, et surtout plein de franchise. Zadig lui plut beaucoup ; sa conversation, qui s'anima, fit durer le repas ; enfin Arbogad lui dit : « Je vous conseille de vous enrôler sous moi ; vous ne sauriez mieux faire ; ce métier-ci n'est pas mauvais ; vous pourrez un jour devenir ce que je suis. – Puis-je vous demander, dit Zadig, depuis quel temps vous exercez cette noble profession ? – Dès ma plus tendre jeunesse, reprit le seigneur. J'étais valet d'un Arabe assez habile ; ma situation m'était insupportable. J'étais au désespoir de voir que dans toute la terre, qui appartient également aux hommes, la destinée ne m'eût pas réservé ma portion. Je confiai mes peines à un vieil Arabe, qui me dit : « Mon fils, ne désespérez pas : il y avait autrefois un grain de sable qui se lamentait d'être un atome ignoré dans les déserts ; au bout de quelques années il devint diamant, et il est à présent le plus bel ornement de la couronne du roi des Indes. » Ce discours me fit impression ; j'étais le grain de sable, je résolus de devenir diamant. Je commençai par voler deux chevaux ; je m'associai des camarades ; je me mis en état de voler de petites caravanes ; ainsi je fis cesser peu à peu la disproportion qui était d'abord entre les hommes et moi. J'eus ma part aux biens de ce monde, et je fus même dédommagé avec usure[3] : on me considéra beaucoup ; je devins seigneur brigand, j'acquis ce château par voie de fait.[4] Le satrape[5] de Syrie voulut m'en déposséder ; mais j'étais déjà trop riche pour avoir rien à craindre ; je donnai de l'argent au satrape, moyennant quoi je conservai ce château, et j'agrandis mes domaines ; il me nomma même trésorier des tributs que l'Arabie Pétrée payait au roi des rois[6]. Je fis ma charge de[7] receveur, et point du tout celle de payeur.

1. *Libéralement :* généreusement. \ **2.** *Commerce :* relations humaines. \ **3.** *Avec usure :* avec des intérêts. \ **4.** *Par voie de fait :* par la violence. \ **5.** *Satrape :* gouverneur de province en Perse. \ **6.** *Roi des rois :* roi de Perse. \ **7.** *Je fis ma charge de :* je remplis la fonction de.

Le grand desterham[1] de Babylone envoya ici, au nom du roi Moabdar, un petit satrape pour me faire étrangler. Cet homme arriva avec son ordre : j'étais instruit de tout ; je fis étrangler en sa présence les quatre personnes qu'il avait amenées avec lui pour serrer le lacet[2] ; après quoi je lui demandai ce que pouvait lui valoir la commission de[3] m'étrangler. Il me répondit que ses honoraires pouvaient aller à trois cents pièces d'or. Je lui fis voir clair qu'il y aurait plus à gagner avec moi. Je le fis sous-brigand ; il est aujourd'hui un de mes meilleurs officiers, et des plus riches. Si vous m'en croyez, vous réussirez comme lui. Jamais la saison de voler n'a été meilleure, depuis que Moabdar est tué et que tout est en confusion dans Babylone.

– Moabdar est tué ! dit Zadig, et qu'est devenue la reine Astarté ? – Je n'en sais rien, reprit Arbogad. Tout ce que je sais, c'est que Moabdar est devenu fou, qu'il a été tué, que Babylone est un grand coupe-gorge, que tout l'empire est désolé[4], qu'il y a de beaux coups à faire encore, et que pour ma part j'en ai fait d'admirables. – Mais la reine ? dit Zadig ; de grâce, ne savez-vous rien de la destinée de la reine ? – On m'a parlé d'un prince d'Hyrcanie[5], reprit-il ; elle est probablement parmi ses concubines, si elle n'a pas été tuée dans le tumulte ; mais je suis plus curieux de butin que de nouvelles. J'ai pris plusieurs femmes dans mes courses[6] ; je n'en garde aucune ; je les vends cher quand elles sont belles, sans m'informer de ce qu'elles sont. On n'achète point le rang ; une reine qui serait laide ne trouverait pas marchand : peut-être ai-je vendu la reine Astarté, peut-être est-elle morte ; mais peu m'importe, et je pense que vous ne devez pas vous en soucier plus que moi. » En parlant ainsi il buvait avec tant de courage[7],

1. *Desterham :* trésorier. \ **2.** *Lacet :* corde pour étrangler. \ **3.** *Lui valoir la commission de :* lui rapporter l'ordre de. \ **4.** *Désolé :* en ruines. \ **5.** *Hyrcanie :* région de la Perse. \ **6.** *Courses :* expéditions pour piller, razzias. \ **7.** *Courage :* ardeur.

il confondait tellement toutes les idées, que Zadig n'en put tirer aucun éclaircissement.

Il restait interdit, accablé, immobile. Arbogad buvait toujours, faisait des contes[1], répétait sans cesse qu'il était le plus heureux de tous les hommes, exhortant Zadig à se rendre aussi heureux que lui. Enfin, doucement assoupi par les fumées du vin, il alla dormir d'un sommeil tranquille. Zadig passa la nuit dans l'agitation la plus violente. « Quoi ! disait-il, le roi est devenu fou ! il est tué ! Je ne peux m'empêcher de le plaindre. L'empire est déchiré, et ce brigand est heureux. Ô fortune ! ô destinée ! un voleur est heureux et ce que la nature a fait de plus aimable a péri peut-être d'une manière affreuse, ou vit dans un état pire que la mort. Ô Astarté ! qu'êtes-vous devenue ? »

Dès le point du jour il interrogea tous ceux qu'il rencontrait dans le château ; mais tout le monde était occupé, personne ne lui répondit : on avait fait pendant la nuit de nouvelles conquêtes, on partageait les dépouilles. Tout ce qu'il put obtenir dans cette confusion tumultueuse, ce fut la permission de partir. Il en profita sans tarder, plus abîmé que jamais dans ses réflexions douloureuses.

Zadig marchait inquiet, agité, l'esprit tout occupé de la malheureuse Astarté, du roi de Babylone, de son fidèle Cador, de l'heureux brigand Arbogad, de cette femme si capricieuse que des Babyloniens avaient enlevée sur les confins[2] de l'Égypte ; enfin de tous les contretemps et de toutes les infortunes qu'il avait éprouvés.

1. *Faisait des contes :* racontait des histoires. \ **2.** *Confins :* limites d'une région.

Chapitre 15

Le Pêcheur

À quelques lieues[1] du château d'Arbogad, il se trouva sur le bord d'une petite rivière, toujours déplorant sa destinée et se regardant comme le modèle du malheur. Il vit un pêcheur couché sur la rive, tenant à peine[2] d'une main languissante son filet, qu'il semblait abandonner, levant les yeux vers le ciel.

« Je suis certainement le plus malheureux de tous les hommes, disait le pêcheur. J'ai été, de l'aveu de tout le monde, le plus célèbre marchand de fromages à la crème dans Babylone, et j'ai été ruiné. J'avais la plus jolie femme qu'homme de ma sorte pût posséder, et j'en ai été trahi. Il me restait une chétive[3] maison, je l'ai vue pillée et détruite. Réfugié dans une cabane, je n'ai de ressource que ma pêche, et je ne prends pas un poisson. Ô mon filet ! je ne te jetterai plus dans l'eau, c'est à moi de m'y jeter. » En disant ces mots il se lève, et s'avance dans l'attitude d'un homme qui allait se précipiter et finir sa vie.

« Eh quoi ! se dit Zadig à lui-même, il y a donc des hommes aussi malheureux que moi ! » L'ardeur de sauver la vie au pêcheur fut aussi prompte[4] que cette réflexion. Il court à lui, il l'arrête, il l'interroge d'un air attendri et consolant. On prétend qu'on en est moins malheureux quand on ne l'est pas seul. Mais, selon Zoroastre, ce n'est pas par malignité, c'est par besoin. On se sent alors entraîné vers un infortuné comme vers

---

1. *Une lieue* représente environ 4 km. \ **2.** *À peine :* avec peine. \ **3.** *Chétive :* misérable. \ **4.** *Prompte :* rapide.

son semblable. La joie d'un homme heureux serait une insulte ; mais deux malheureux sont comme deux arbrisseaux faibles qui, s'appuyant l'un sur l'autre, se fortifient contre l'orage.

« Pourquoi succombez-vous à [1] vos malheurs ? dit Zadig au pêcheur. – C'est, répondit-il, parce que je n'y vois pas de ressource [2]. J'ai été le plus considéré du village de Derlback auprès de Babylone, et je faisais, avec l'aide de ma femme, les meilleurs fromages à la crème de l'empire. La reine Astarté et le fameux ministre Zadig les aimaient passionnément. J'avais fourni à leur maison six cents fromages. J'allai un jour à la ville pour être payé ; j'appris, en arrivant dans Babylone, que la reine et Zadig avaient disparu. Je courus chez le seigneur Zadig, que je n'avais jamais vu : je trouvai les archers [3] du grand desterham qui, munis d'un papier royal, pillaient sa maison loyalement [4] et avec ordre. Je volai aux cuisines de la reine : quelques-uns des seigneurs de la bouche [5] me dirent qu'elle était morte ; d'autres dirent qu'elle était en prison ; d'autres prétendirent qu'elle avait pris la fuite ; mais tous m'assurèrent qu'on ne me paierait point mes fromages. J'allai avec ma femme chez le seigneur Orcan, qui était une de mes pratiques [6] : nous lui demandâmes sa protection dans notre disgrâce ; il l'accorda à ma femme, et me la refusa. Elle était plus blanche que ses fromages à la crème, qui commencèrent mon malheur ; et l'éclat de la pourpre de Tyr n'était pas plus brillant que l'incarnat [7] qui animait cette blancheur. C'est ce qui fit qu'Orcan la retint, et me chassa de sa maison. J'écrivis à ma chère femme la lettre d'un désespéré. Elle dit au porteur : « Ah, ah ! oui, je sais quel est l'homme qui m'écrit, j'en ai

1. *Pourquoi succombez-vous à :* pourquoi cédez-vous à. \ **2.** *Ressource :* solution. \ **3.** *Archers :* agents qui exécutent les ordres de la police et de la justice. \ **4.** *Loyalement :* légalement. \ **5.** *Seigneurs de la bouche :* cuisiniers. \ **6.** *Pratiques :* clients. \ **7.** *Incarnat :* rouge vif, rouge chair.

entendu parler : on dit qu'il fait des fromages à la crème excellents : qu'on m'en apporte, et qu'on les lui paie. »

Dans mon malheur, je voulus m'adresser à la justice. Il me restait six onces d'or : il fallut en donner deux onces à l'homme de loi que je consultai, deux au procureur qui entreprit mon affaire, deux au secrétaire du premier juge. Quand tout cela fut fait, mon procès n'était pas encore commencé, et j'avais déjà dépensé plus d'argent que mes fromages et ma femme ne valaient. Je retournai à mon village dans l'intention de vendre ma maison pour avoir ma femme.

Ma maison valait bien soixante onces d'or ; mais on me voyait pauvre et pressé de vendre. Le premier à qui je m'adressai m'en offrit trente onces, le second vingt, et le troisième dix. J'étais prêt enfin de conclure, tant j'étais aveuglé, lorsqu'un prince d'Hyrcanie vint à Babylone et ravagea tout sur son passage. Ma maison fut d'abord saccagée, et ensuite brûlée.

« Ayant ainsi perdu mon argent, ma femme et ma maison, je me suis retiré dans ce pays où vous me voyez. J'ai tâché de subsister du métier de pêcheur ; les poissons se moquent de moi comme les hommes. Je ne prends rien, je meurs de faim ; et, sans vous, auguste consolateur, j'allai mourir dans la rivière. »

Le pêcheur ne fit point ce récit tout de suite[1] ; car à tout moment Zadig, ému et transporté[2], lui disait : « Quoi ! vous ne savez rien de la destinée de la reine ? – Non, Seigneur, répondait le pêcheur ; mais je sais que la reine et Zadig ne m'ont point payé mes fromages à la crème, qu'on a pris ma femme, et que je suis au désespoir. – Je me flatte, dit Zadig, que vous ne perdrez pas tout votre argent. J'ai entendu parler de ce Zadig ; il est honnête homme ; et s'il retourne à Babylone, comme il l'espère, il vous donnera plus qu'il ne vous

1. *Tout de suite :* d'une seule traite. \ 2. *Transporté :* agité par la passion.

doit ; mais pour votre femme, qui n'est pas si honnête, je vous conseille de ne pas chercher à la reprendre. Croyez-moi, allez à Babylone ; j'y serai avant vous, parce que je suis à cheval et que vous êtes à pied. Adressez-vous à l'illustre Cador ; dites-lui que vous avez rencontré son ami ; attendez-moi chez lui. Allez ; peut-être ne serez-vous pas toujours malheureux.

« Ô puissant Orosmade[1] ! continua-t-il, vous vous servez de moi pour consoler cet homme, de qui vous servirez-vous pour me consoler ? » En parlant ainsi il donnait au pêcheur la moitié de tout l'argent qu'il avait apporté d'Arabie, et le pêcheur, confondu[2] et ravi, baisait les pieds de l'ami de Cador, et disait : « Vous êtes un ange sauveur. »

Cependant Zadig demandait toujours des nouvelles et versait des larmes. « Quoi ! Seigneur, s'écria le pêcheur, vous seriez donc aussi malheureux, vous qui faites du bien ? – Plus malheureux que toi cent fois, répondait Zadig. – Mais comment se peut-il faire, disait le bonhomme[3], que celui qui donne soit plus à plaindre que celui qui reçoit ? – C'est que ton plus grand malheur, reprit Zadig, était le besoin, et que je suis infortuné par le cœur. – Orcan vous aurait-il pris votre femme ? » dit le pêcheur. Ce mot rappela dans l'esprit de Zadig toutes ses aventures : il répétait la liste de ses infortunes, à commencer depuis la chienne de la reine jusqu'à son arrivée chez le brigand Arbogad. « Ah ! dit-il au pêcheur, Orcan mérite d'être puni. Mais d'ordinaire ce sont ces gens-là qui sont les favoris de la destinée. Quoi qu'il en soit, va chez le seigneur Cador, et attends-moi. » Ils se séparèrent : le pêcheur marcha en remerciant son destin, et Zadig courut en accusant toujours le sien.

1. *Orosmade* ou *Ormuzd :* principe du Bien dans la religion perse. \ **2.** *Confondu :* ému, confus. \ **3.** *Bonhomme :* homme bon, juste.

Chapitre 16

Le Basilic[1]

Arrivé dans une belle prairie, il y vit plusieurs femmes qui cherchaient quelque chose avec beaucoup d'application. Il prit la liberté de s'approcher de l'une d'elles et de lui demander s'il pouvait avoir l'honneur de les aider dans leurs recherches. « Gardez-vous-en bien, répondit la Syrienne ; ce que nous cherchons ne peut être touché que par des femmes. – Voilà qui est bien étrange, dit Zadig ; oserai-je vous prier de m'apprendre ce que c'est qu'il n'est permis qu'aux femmes de toucher ? – C'est un basilic, dit-elle. – Un basilic, Madame ? et pour quelle raison, s'il vous plaît, cherchez-vous un basilic ? – C'est pour notre seigneur et maître Ogul[2], dont vous voyez le château sur le bord de cette rivière, au bout de la prairie. Nous sommes ses très humbles esclaves ; le seigneur Ogul est malade ; son médecin lui a ordonné de manger un basilic cuit dans l'eau rose[3], et comme c'est un animal fort rare, qui ne se laisse jamais prendre que par des femmes, le seigneur Ogul a promis de choisir pour sa femme bien-aimée celle de nous qui lui apporterait un basilic : laissez-moi chercher, s'il vous plaît, car vous voyez ce qu'il m'en coûterait si j'étais prévenue[4] par mes compagnes. »

Zadig laissa cette Syrienne et les autres chercher leur basilic, et continua de marcher dans la prairie. Quand il fut au bord

1. *Basilic :* serpent fabuleux dont le regard était mortel, sauf pour les femmes. \ **2.** *Ogul :* anagramme de *gulo*, « glouton » en latin. \ **3.** *Eau (de) rose :* essence extraite des roses. \ **4.** *Prévenue :* devancée.

du petit ruisseau, il y trouva une autre dame couchée sur le gazon, et qui ne cherchait rien. Sa taille paraissait majestueuse, mais son visage était couvert d'un voile. Elle était penchée vers le ruisseau ; de profonds soupirs sortaient de sa bouche. Elle tenait en main une petite baguette, avec laquelle elle traçait des caractères sur un sable fin qui se trouvait entre le gazon et le ruisseau. Zadig eut la curiosité de voir ce que cette femme écrivait ; il s'approcha, il vit la lettre Z, puis un A ; il fut étonné ; puis parut un D ; il tressaillit. Jamais surprise ne fut égale à la sienne quand il vit les deux dernières lettres de son nom. Il demeura quelque temps immobile ; enfin, rompant le silence d'une voix entrecoupée : « Ô généreuse[1] dame ! pardonnez à un étranger, à un infortuné, d'oser vous demander par quelle aventure étonnante je trouve ici le nom de Zadig tracé de votre main divine. » À cette voix, à ces paroles, la dame releva son voile d'une main tremblante, regarda Zadig, jeta un cri d'attendrissement, de surprise et de joie, et, succombant sous tous les mouvements divers qui assaillaient à la fois son âme, elle tomba évanouie entre ses bras. C'était Astarté elle-même, c'était la reine de Babylone, c'était celle que Zadig adorait, et qu'il se reprochait d'adorer ; c'était celle dont il avait tant pleuré et tant craint la destinée. Il fut un moment privé de l'usage de ses sens ; et quand il eut attaché ses regards sur les yeux d'Astarté, qui se rouvraient avec une langueur mêlée de confusion et de tendresse : « Ô puissances immortelles ! s'écria-t-il, qui présidez aux destins des faibles humains, me rendez-vous Astarté ? En quel temps, en quels lieux, en quel état la revois-je ! » Il se jeta à genoux devant Astarté, et il attacha son front à la poussière de ses pieds. La reine de Babylone le relève, et le fait asseoir auprès d'elle sur le bord de ce ruisseau ; elle essuyait à plusieurs reprises ses

1. *Généreuse :* noble.

yeux dont les larmes recommençaient toujours à couler. Elle reprenait vingt fois des discours que ses gémissements interrompaient ; elle l'interrogeait sur le hasard qui les rassemblait, et prévenait soudain ses réponses par d'autres questions. Elle entamait le récit de ses malheurs, et voulait savoir ceux de Zadig. Enfin tous deux ayant un peu apaisé le tumulte de leurs âmes, Zadig lui conta en peu de mots par quelle aventure il se trouvait dans cette prairie. « Mais, ô malheureuse et respectable reine ! comment vous retrouvai-je en ce lieu écarté, vêtue en esclave, et accompagnée d'autres femmes esclaves qui cherchent un basilic pour le faire cuire dans de l'eau rose par ordonnance du médecin ?

– Pendant qu'elles cherchent leur basilic, dit la belle Astarté, je vais vous apprendre tout ce que j'ai souffert, et tout ce que je pardonne au Ciel depuis que je vous revois. Vous savez que le roi mon mari trouva mauvais que vous fussiez le plus aimable de tous les hommes ; et ce fut pour cette raison qu'il prit une nuit la résolution de vous faire étrangler et de m'empoisonner. Vous savez comme[1] le Ciel permit que mon petit muet m'avertît de l'ordre de Sa Sublime Majesté. À peine le fidèle Cador vous eut-il forcé de m'obéir et de partir qu'il osa entrer chez moi au milieu de la nuit par une issue secrète. Il m'enleva, et me conduisit dans le temple d'Orosmade, où le mage, son frère, m'enferma dans une statue colossale dont la base touche aux fondements du temple et dont la tête atteint la voûte. Je fus là comme ensevelie, mais servie par le mage et ne manquant d'aucune chose nécessaire. Cependant, au point du jour, l'apothicaire[2] de Sa Majesté entra dans ma chambre avec une potion mêlée de jusquiame, d'opium, de ciguë, d'ellébore noir et d'aconit[3] ; et un autre

1. *Comme :* comment. \ **2.** *Apothicaire :* pharmacien. \ **3.** Plantes vénéneuses – sauf l'ellébore, qui est apaisante.

officier alla chez vous avec un lacet de soie bleue. On ne trouva personne. Cador, pour mieux tromper le roi, feignit de venir nous accuser tous deux. Il dit que vous aviez pris la route des Indes, et moi celle de Memphis : on envoya des satellites[1] après vous et après moi.

« Les courriers qui me cherchaient ne me connaissaient pas. Je n'avais presque jamais montré mon visage qu'à vous seul, en présence et par ordre de mon époux. Ils coururent à ma poursuite, sur le portrait[2] qu'on leur avait fait de ma personne : une femme de la même taille que moi, et qui peut-être avait plus de charmes, s'offrit à leurs regards sur les frontières de l'Égypte. Elle était éplorée, errante. Ils ne doutèrent pas que cette femme ne fût la reine de Babylone ; ils la menèrent à Moabdar. Leur méprise fit entrer d'abord le roi dans une violente colère ; mais bientôt, ayant considéré de plus près cette femme, il la trouva très belle, et fut consolé. On l'appelait Missouf. On m'a dit depuis que ce nom signifie en langue égyptienne *la belle capricieuse*. Elle l'était en effet ; mais elle avait autant d'art que de caprice. Elle plut à Moabdar. Elle le subjugua au point de se faire déclarer sa femme. Alors son caractère se développa tout entier ; elle se livra sans crainte à toutes les folies de son imagination. Elle voulut obliger le chef des mages, qui était vieux et goutteux[3], de danser devant elle ; et, sur le refus du mage, elle le persécuta violemment. Elle ordonna à son grand écuyer de lui faire une tourte de confitures. Le grand écuyer eut beau lui présenter[4] qu'il n'était point pâtissier, il fallut qu'il fît la tourte ; et on le chassa parce qu'elle était trop brûlée. Elle donna la charge de grand écuyer à son nain et la place de chancelier à un page. C'est ainsi qu'elle gouverna Babylone. Tout le monde me regrettait. Le roi, qui

1. *Satellites :* gardes. \ **2.** *Sur le portrait :* d'après le portrait. \ **3.** *Goutteux :* atteint de la goutte, maladie des articulations. \ **4.** *Lui présenter :* lui objecter.

avait été assez honnête homme jusqu'au moment où il avait voulu m'empoisonner et vous faire étrangler, semblait avoir noyé ses vertus dans l'amour prodigieux qu'il avait pour la belle capricieuse. Il vint au temple le grand jour du feu sacré. Je le vis implorer les dieux pour Missouf aux pieds de la statue où j'étais renfermée. J'élevai la voix ; je lui criai : « Les dieux refusent les vœux d'un roi devenu tyran, qui a voulu faire mourir une femme raisonnable pour épouser une extravagante[1]. » Moabdar fut confondu de ces paroles au point que sa tête se troubla. L'oracle[2] que j'avais rendu et la tyrannie de Missouf suffisaient pour lui faire perdre le jugement. Il devint fou en peu de jours.

« Sa folie, qui parut un châtiment du Ciel, fut le signal de la révolte. On se souleva, on courut aux armes. Babylone, si longtemps plongée dans une mollesse oisive, devint le théâtre d'une guerre civile affreuse. On me tira du creux de ma statue, et on me mit à la tête d'un parti. Cador courut à Memphis pour vous ramener à Babylone. Le prince d'Hyrcanie, apprenant ces funestes nouvelles, revint avec son armée faire un troisième parti dans la Chaldée. Il attaqua le roi, qui courut au-devant de lui avec son extravagante Égyptienne. Moabdar mourut percé de coups. Missouf tomba aux mains des vainqueurs. Mon malheur voulut que je fusse prise moi-même par un parti hyrcanien, et qu'on me menât devant le prince précisément dans le temps qu'on lui amenait Missouf. Vous serez flatté, sans doute, en apprenant que le prince me trouva plus belle que l'Égyptienne ; mais vous serez fâché d'apprendre qu'il me destina à son sérail. Il me dit fort résolument que, dès qu'il aurait fini une expédition militaire qu'il allait exécuter, il viendrait à moi. Jugez de ma douleur. Mes liens avec Moabdar

1. *Extravagante :* dépourvue du sens commun, folle. \ **2.** *Oracle :* réponse du dieu à celui qui le consulte.

étaient rompus, je pouvais être à Zadig ; et je tombais dans les chaînes de ce barbare. Je lui répondis avec toute la fierté que me donnaient mon rang et mes sentiments. J'avais toujours entendu dire que le Ciel attachait aux personnes de ma sorte un caractère de grandeur qui, d'un mot et d'un coup d'œil, faisait rentrer dans l'abaissement du plus profond respect les téméraires qui osaient s'en écarter. Je parlai en reine ; mais je fus traitée en demoiselle suivante. L'Hyrcanien, sans daigner seulement m'adresser la parole, dit à son eunuque noir que j'étais une impertinente, mais qu'il me trouvait jolie. Il lui ordonna d'avoir soin de moi, et de me mettre au régime des favorites, afin de me rafraîchir le teint et de me rendre plus digne de ses faveurs pour le jour où il aurait la commodité de m'en honorer. Je lui dis que je me tuerais ; il répliqua en riant qu'on ne se tuait point, qu'il était fait à ces façons-là, et me quitta comme un homme qui vient de mettre un perroquet dans sa ménagerie. Quel état pour la première reine de l'univers, et, je dirai plus, pour un cœur qui était à Zadig ! »

À ces paroles, il se jeta à ses genoux et les baigna de larmes. Astarté le releva tendrement, et elle continua ainsi : « Je me voyais au pouvoir d'un barbare et rivale d'une folle avec qui j'étais renfermée. Elle me raconta son aventure d'Égypte. Je jugeai par les traits dont elle vous peignait, par le temps, par le dromadaire sur lequel vous étiez monté, par toutes les circonstances, que c'était Zadig qui avait combattu pour elle. Je ne doutai pas que vous ne fussiez à Memphis ; je pris la résolution de m'y retirer. « Belle Missouf, lui dis-je, vous êtes beaucoup plus plaisante que moi, vous divertirez bien mieux que moi le prince d'Hyrcanie. Facilitez-moi les moyens de me sauver ; vous régnerez seule, vous me rendrez heureuse en vous débarrassant d'une rivale. » Missouf concerta avec moi les moyens de ma fuite. Je partis donc secrètement avec une esclave égyptienne.

« J'étais déjà près de l'Arabie, lorsqu'un fameux voleur, nommé Arbogad, m'enleva, et me vendit à des marchands qui m'ont amenée dans ce château, où demeure le seigneur Ogul. Il m'a achetée sans savoir qui j'étais. C'est un homme voluptueux qui ne cherche qu'à faire grande chère, et qui croit que Dieu l'a mis au monde pour tenir table. Il est d'embonpoint excessif, qui est toujours prêt à le suffoquer. Son médecin, qui n'a que peu de crédit auprès de lui quand il digère bien, le gouverne despotiquement quand il a trop mangé. Il lui a persuadé[1] qu'il le guérirait avec un basilic cuit dans de l'eau rose. Le seigneur Ogul a promis sa main à celle de ses esclaves qui lui apporterait un basilic. Vous voyez que je les laisse s'empresser à mériter cet honneur, et je n'ai jamais eu moins envie de trouver ce basilic que depuis que le Ciel a permis que je vous revisse. »

Alors Astarté et Zadig se dirent tout ce que des sentiments longtemps retenus, tout ce que leurs malheurs et leurs amours pouvaient inspirer aux cœurs les plus nobles et les plus passionnés ; et les génies qui président à l'amour portèrent leurs paroles jusqu'à la sphère de Vénus[2].

Les femmes rentrèrent chez Ogul sans avoir rien trouvé. Zadig se fit présenter à lui, et lui parla en ces termes : « Que la santé immortelle descende du ciel pour avoir soin de tous vos jours ! Je suis médecin ; j'ai accouru vers vous sur le bruit de votre maladie, et je vous ai apporté un basilic cuit dans de l'eau de rose. Ce n'est pas que je prétende vous épouser. Je ne vous demande que la liberté d'une jeune esclave de Babylone que vous avez depuis quelques jours ; et je consens de rester en esclavage à sa place si je n'ai pas le bonheur de guérir le magnifique seigneur Ogul. »

1. *Il lui a persuadé :* il l'a persuadé (tournure classique). \ 2. *La sphère de Vénus :* la déesse de l'Amour, mais également, selon le système de Ptolémée, la quatrième sphère qui constitue l'univers, dont le centre est occupé par la Terre.

La proposition fut acceptée. Astarté partit pour Babylone avec le domestique de Zadig, en lui promettant de lui envoyer incessamment un courrier pour l'instruire de tout ce qui se serait passé. Leurs adieux furent aussi tendres que l'avait été leur reconnaissance. Le moment où l'on se retrouve et celui où l'on se sépare sont les deux plus grandes époques de la vie, comme dit le grand livre du *Zend*. Zadig aimait la reine autant qu'il le jurait, et la reine aimait Zadig plus qu'elle ne lui disait.

Cependant Zadig parlait ainsi à Ogul : « Seigneur, on ne mange point mon basilic, toute sa vertu doit entrer chez vous par les pores. Je l'ai mis dans une petite outre bien enflée et couverte d'une peau fine : il faut que vous poussiez cette outre de toute votre force, et que je vous la renvoie à plusieurs reprises ; et en peu de jours de régime vous verrez ce que peut mon art. » Ogul, dès le premier jour, fut tout essoufflé, et crut qu'il mourrait de fatigue. Le second, il fut moins fatigué, et dormit mieux. En huit jours il recouvra toute la force, la santé, la légèreté et la gaieté de ses plus brillantes années. « Vous avez joué au ballon, et vous avez été sobre, lui dit Zadig : apprenez qu'il n'y a point de basilic dans la nature, qu'on se porte toujours bien avec de la sobriété et de l'exercice, et que l'art de faire subsister ensemble l'intempérance[1] et la santé est un art aussi chimérique[2] que la pierre philosophale[3], l'astrologie judiciaire[4] et la théologie[5] des mages. »

Le premier médecin d'Ogul, sentant combien cet homme était dangereux pour la médecine, s'unit avec l'apothicaire du corps[6] pour envoyer Zadig chercher des basilics dans l'autre monde. Ainsi, après avoir été toujours puni pour avoir bien

1. *Intempérance :* excès des plaisirs de la table. \ **2.** *Chimérique :* improbable. \ **3.** *Pierre philosophale :* pierre qui, selon les alchimistes, transforme les métaux en or. \ **4.** *L'astrologie judiciaire* déduit le caractère des hommes en fonction de la place des planètes à leur naissance. \ **5.** *Théologie :* science qui étudie une religion. \ **6.** *Du corps :* du corps des officiers du roi.

fait, il était près de périr pour avoir guéri un seigneur gourmand. On l'invita à un excellent dîner. Il devait être empoisonné au second service ; mais il reçut un courrier de la belle Astarté au premier. Il quitta la table, et partit. « Quand on est aimé d'une belle femme, dit le grand Zoroastre, on se tire toujours d'affaire dans ce monde. »

Chapitre 17

Les Combats

La reine avait été reçue à Babylone avec les transports[1] qu'on a toujours pour une belle princesse qui a été malheureuse. Babylone alors paraissait être plus tranquille. Le prince d'Hyrcanie avait été tué dans un combat. Les Babyloniens, vainqueurs, déclarèrent qu'Astarté épouserait celui qu'on choisirait pour souverain. On ne voulut point que la première place du monde, qui serait celle de mari d'Astarté et de roi de Babylone, dépendît des intrigues et des cabales[2]. On jura de reconnaître pour roi le plus vaillant et le plus sage. Une grande lice[3] bordée d'amphithéâtres[4] magnifiquement ornés fut formée à quelques lieues de la ville. Les combattants devaient s'y rendre armés de toutes pièces. Chacun d'eux avait derrière les amphithéâtres un appartement séparé où il ne devait être vu ni connu de personne. Il fallait courir quatre lances[5]. Ceux qui seraient assez heureux pour vaincre quatre chevaliers devraient combattre ensuite les uns contre les autres ; de façon que celui qui resterait le dernier maître du champ serait proclamé vainqueur des jeux. Il devait revenir quatre jours après, avec les mêmes armes, et expliquer les énigmes proposées par les mages. S'il n'expliquait point les énigmes, il n'était point roi, et il fallait recommencer à courir des lances

1. *Transports :* manifestations d'une passion. \ **2.** *Cabales :* complots. \ **3.** *Lice :* terrain pour les tournois. \ **4.** *Amphithéâtres :* gradins pour les spectateurs. \ **5.** *Courir quatre lances :* affronter quatre adversaires.

jusqu'à ce qu'on trouvât un homme qui fût vainqueur dans ces deux combats ; car on voulait absolument pour roi le plus vaillant et le plus sage. La reine, pendant tout ce temps, devait être étroitement gardée : on lui permettait seulement d'assister aux jeux, couverte d'un voile ; mais on ne souffrait pas qu'elle parlât à aucun des prétendants, afin qu'il n'y eût ni faveur ni injustice.

Voilà ce qu'Astarté faisait savoir à son amant, espérant qu'il montrerait pour elle plus de valeur et d'esprit que personne. Il partit, et pria Vénus de fortifier son courage et d'éclairer son esprit. Il arriva sur le rivage de l'Euphrate la veille de ce grand jour. Il fit inscrire sa devise [1] parmi celles des combattants, en cachant son visage et son nom, comme la loi l'ordonnait, et alla se reposer dans l'appartement qui lui échut par le sort. Son ami Cador, qui était revenu à Babylone après l'avoir inutilement cherché en Égypte, fit porter dans sa loge une armure complète que la reine lui envoyait. Il lui fit amener aussi de sa part le plus beau cheval de Perse. Zadig reconnut Astarté à ces présents : son courage et son amour en prirent de nouvelles forces et de nouvelles espérances.

Le lendemain, la reine étant venue se placer sous un dais [2] de pierreries, et les amphithéâtres étant remplis de toutes les dames et de tous les ordres [3] de Babylone, les combattants parurent dans le cirque. Chacun d'eux vint mettre sa devise aux pieds du grand mage. On tira au sort les devises ; celle de Zadig fut la dernière. Le premier qui s'avança était un seigneur très riche, nommé Itobad, fort vain [4], peu courageux, très maladroit, et sans esprit. Ses domestiques l'avaient persuadé qu'un homme comme lui devait être roi ; il leur avait répondu : « Un homme comme moi doit régner. » Ainsi on

1. *Devise :* figure peinte sur le bouclier avec une inscription explicative. \ **2.** *Dais :* tenture couvrant le trône. \ **3.** *Ordres :* hautes classes sociales. \ **4.** *Vain :* vaniteux.

l'avait armé de pied en cap. Il portait une armure d'or émaillée de vert[1], un panache vert, une lance ornée de rubans verts. On s'aperçut d'abord[2], à la manière dont Itobad gouvernait son cheval, que ce n'était pas un homme comme lui à qui le Ciel réservait le sceptre de Babylone. Le premier cavalier qui courut contre lui le désarçonna ; le second le renversa sur la croupe de son cheval, les deux jambes en l'air et les bras étendus. Itobad se remit, mais de si mauvaise grâce que tout l'amphithéâtre se mit à rire. Un troisième ne daigna pas se servir de sa lance ; mais en lui faisant une passe[3], il le prit par la jambe droite, et, lui faisant faire un demi-tour, il le fit tomber sur le sable ; les écuyers des jeux accoururent à lui en riant et le remirent en selle. Le quatrième combattant le prend par la jambe gauche, et le fait tomber de l'autre côté. On le conduisit avec des huées à sa loge, où il devait passer la nuit selon la loi ; et il disait en marchant à peine[4] : « Quelle aventure pour un homme comme moi ! »

Les autres chevaliers s'acquittèrent mieux de leur devoir. Il y en eut qui vainquirent deux combattants de suite ; quelques-uns allèrent jusqu'à trois. Il n'y eut que le prince Otame qui en vainquit quatre. Enfin Zadig combattit à son tour : il désarçonna quatre cavaliers de suite avec toute la grâce possible. Il fallut donc voir qui serait le vainqueur d'Otame ou de Zadig. Le premier portait des armes bleues et or, avec un panache de même ; celles de Zadig étaient blanches. Tous les vœux se partageaient entre le cavalier bleu et le cavalier blanc. La reine, à qui le cœur palpitait, faisait des prières au Ciel pour la couleur blanche.

Les deux champions firent des passes et des voltes[5] avec tant d'agilité, ils se donnèrent de si beaux coups de lance, ils étaient

1. *Vert :* couleur des nouveaux chevaliers. \ 2. *D'abord :* immédiatement. \ 3. *Passe :* figure d'escrime. \ 4. *À peine :* avec peine. \ 5. *Voltes :* figures circulaires du cheval.

si fermes sur leurs arçons[1], que tout le monde, hors la reine, souhaitait qu'il y eût deux rois dans Babylone. Enfin, leurs chevaux étant lassés, et leurs lances rompues, Zadig usa de cette adresse : il passe derrière le prince bleu, s'élance sur la croupe de son cheval, le prend par le milieu du corps, le jette à terre, se met en selle à sa place et caracole[2] autour d'Otame étendu sur place. Tout l'amphithéâtre crie : « Victoire au cavalier blanc ! » Otame, indigné, se relève, tire son épée ; Zadig saute de cheval, le sabre à la main. Les voilà tous deux sur l'arène[3], livrant un nouveau combat, où la force et l'agilité triomphent tour à tour. Les plumes de leur casque, les clous de leurs brassards[4], les mailles de leur armure sautent au loin sous mille coups précipités. Ils frappent de pointe et de taille[5], à droite, à gauche, sur la tête, sur la poitrine ; ils reculent, ils avancent, ils se mesurent, il se rejoignent, ils se saisissent, ils se replient comme des serpents, ils s'attaquent comme des lions ; le feu jaillit à tout moment des coups qu'ils se portent. Enfin Zadig, ayant un moment repris ses esprits, s'arrête, fait une feinte, passe sur Otame, le fait tomber, le désarme, et Otame s'écrie : « Ô chevalier blanc ! c'est vous qui devez régner sur Babylone. » La reine était au comble de la joie. On reconduisit le chevalier bleu et le chevalier blanc chacun à sa loge, ainsi que tous les autres, selon ce qui était porté par la loi. Des muets vinrent les servir et leur apporter à manger. On peut juger si le petit muet de la reine ne fut pas celui qui servit Zadig. Ensuite on les laissa dormir seuls jusqu'au lendemain matin, temps où le vainqueur devait apporter sa devise au grand mage pour le confronter et se faire reconnaître.

Zadig dormit, quoique amoureux, tant il était fatigué. Itobad, qui était couché près de lui, ne dormit point. Il se leva pendant la nuit, entra dans la loge, prit les armes blanches de

1. *Arçons :* armature de la selle. \ **2.** *Caracole :* exécute des voltes. \ **3.** *Arène :* le sable. \ **4.** *Brassards :* protections pour les bras. \ **5.** *De pointe et de taille :* de la pointe et du tranchant.

Zadig avec sa devise, et mit son armure verte à la place. Le point du jour étant venu, il alla fièrement au grand mage déclarer qu'un homme comme lui était vainqueur. On ne s'y attendait pas ; mais il fut proclamé pendant que Zadig dormait encore. Astarté, surprise et le désespoir dans le cœur, s'en retourna dans Babylone. Tout l'amphithéâtre était déjà presque vide lorsque Zadig s'éveilla ; il chercha ses armes, et ne trouva que cette armure verte. Il était obligé de s'en couvrir, n'ayant rien autre chose auprès de lui. Étonné et indigné, il les endosse avec fureur, il avance dans cet équipage[1].

Tout ce qui était encore sur l'amphithéâtre et dans le cirque le reçut avec des huées. On l'entourait ; on lui insultait[2] en face. Jamais homme n'essuya des mortifications[3] si humiliantes. La patience lui échappa ; il écarta à coups de sabre la populace[4] qui osait l'outrager ; mais il ne savait quel parti prendre. Il ne pouvait voir la reine ; il ne pouvait réclamer l'armure blanche qu'elle lui avait envoyée : c'eût été la compromettre ; ainsi, tandis qu'elle était plongée dans la douleur, il était pénétré de fureur et d'inquiétude. Il se promenait sur les bords de l'Euphrate, persuadé que son étoile le destinait à être malheureux sans ressources, repassant dans son esprit toutes ses disgrâces, depuis l'aventure de la femme qui haïssait les borgnes jusqu'à celle de son armure. « Voilà ce que c'est, disait-il, de m'être éveillé trop tard ; si j'avais moins dormi, je serais roi de Babylone, je posséderais Astarté. Les sciences, les mœurs, le courage, n'ont donc jamais servi qu'à mon infortune. » Il lui échappa enfin de murmurer contre la Providence, et il fut tenté de croire que tout était gouverné par une destinée cruelle qui opprimait les bons et qui faisait prospérer les chevaliers verts. Un de ses chagrins était de

1. *Équipage* : accoutrement. \ **2.** *On lui insultait* : on l'insultait (tournure classique). \ **3.** *Mortifications* : humiliations. \ **4.** *Populace* : petit peuple (péjoratif).

porter cette armure verte qui lui avait attiré tant de huées. Un marchand passa, il la lui vendit à vil prix, et prit du marchand une robe et un bonnet long. Dans cet équipage, il côtoyait l'Euphrate, rempli de désespoir, et accusant en secret la Providence, qui le persécutait toujours.

Chapitre 18

L'Ermite[1]

Il rencontra en marchant un ermite dont la barbe blanche et vénérable[2] lui descendait jusqu'à la ceinture. Il tenait en main un livre qu'il lisait attentivement. Zadig s'arrêta, et lui fit une profonde inclination[3]. L'ermite le salua d'un air si noble et si doux que Zadig eut la curiosité de l'entretenir. Il lui demanda quel livre il lisait. « C'est le livre des destinées, dit l'ermite ; voulez-vous en lire quelque chose ? » Il mit le livre dans les mains de Zadig qui, tout instruit qu'il était dans plusieurs langues, ne put déchiffrer un seul caractère du livre. Cela redoubla encore sa curiosité. « Vous me paraissez bien chagrin, lui dit ce bon père. – Hélas ! que j'en ai sujet[4] ! dit Zadig. – Si vous permettez que je vous accompagne, repartit le vieillard, peut-être vous serai-je utile : j'ai quelquefois répandu des sentiments de consolation dans l'âme des malheureux. » Zadig se sentit du respect pour l'air, pour la barbe et pour le livre de l'ermite. Il lui trouva dans la conversation des lumières supérieures. L'ermite parlait de la destinée, de la justice, de la morale du souverain bien, de la faiblesse humaine, des vertus et des vices, avec une éloquence si vive et si touchante que Zadig se sentit entraîné vers lui par un charme[5] invincible. Il le pria avec instance de ne le point

1. *Ermite :* solitaire qui vit dans la méditation et la prière. \ 2. *Vénérable :* qui inspire le respect. \ 3. *Inclination :* signe de respect. \ 4. *Que j'en ai sujet :* que j'ai de bonnes raisons pour cela. \ 5. *Charme :* pouvoir magique.

quitter jusqu'à ce qu'ils fussent de retour à Babylone. « Je vous demande moi-même cette grâce, lui dit le vieillard ; jurez-moi par Orosmade que vous ne vous séparerez point de moi d'ici à quelques jours, quelque chose que je fasse. » Zadig jura, et ils partirent ensemble.

Les deux voyageurs arrivèrent le soir à un château superbe. L'ermite demanda l'hospitalité pour lui et pour le jeune homme qui l'accompagnait. Le portier, qu'on aurait pris pour un grand seigneur, les introduisit avec une espèce de bonté dédaigneuse. On les présenta à un principal domestique, qui leur fit voir les appartements magnifiques du maître. Ils furent admis à sa table, au bas bout [1], sans que le seigneur du château les honorât d'un regard ; mais ils furent servis comme les autres, avec délicatesse et profusion. On leur donna ensuite à laver [2] dans un bassin d'or garni d'émeraudes et de rubis. On les mena coucher dans un bel appartement, et le lendemain matin un domestique leur apporta à chacun une pièce d'or, après quoi on les congédia.

« Le maître de la maison, dit Zadig en chemin, me paraît être un homme généreux, quoique un peu fier ; il exerce noblement l'hospitalité. » En disant ces paroles, il aperçut qu'une espèce de poche très large que portait l'ermite paraissait tendue et gonflée : il y vit le bassin d'or garni de pierreries, que celui-ci avait volé. Il n'osa d'abord en rien témoigner ; mais il était dans une étrange surprise.

Vers le midi l'ermite se présenta à la porte d'une maison très petite où logeait un riche avare ; il y demanda l'hospitalité pour quelques heures. Un vieux valet mal habillé le reçut d'un ton rude, et fit entrer l'ermite et Zadig dans l'écurie, où on leur donna quelques olives pourries, de mauvais pain et de la bière

1. *Au bas bout :* à la plus modeste place. \ **2.** *À laver :* de quoi se laver les mains.

gâtée. L'ermite but et mangea d'un air aussi content que la veille ; puis, s'adressant à ce vieux valet, qui les observait tous deux pour voir s'ils ne volaient rien et qui les pressait de partir, il lui donna les deux pièces d'or qu'il avait reçues le matin et le remercia de toutes ses attentions. « Je vous prie, ajouta-t-il, faites-moi parler à votre maître. » Le valet, étonné, introduisit les deux voyageurs : « Magnifique[1] seigneur, dit l'ermite, je ne puis que vous rendre de très humbles grâces de la manière noble dont vous nous avez reçus : daignez accepter ce bassin d'or comme un faible gage de ma reconnaissance. » L'avare fut près de tomber à la renverse. L'ermite ne lui donna pas le temps de revenir de son saisissement ; il partit au plus vite avec son jeune voyageur. « Mon père, lui dit Zadig, qu'est-ce que tout ce que je vois ? Vous ne me paraissez ressembler en rien aux autres hommes : vous volez un bassin d'or garni de pierreries à un seigneur qui vous reçoit magnifiquement, et vous le donnez à un avare qui vous traite avec indignité. – Mon fils, répondit le vieillard, cet homme magnifique, qui ne reçoit les étrangers que par vanité et pour faire admirer ses richesses, deviendra plus sage ; l'avare apprendra à exercer l'hospitalité : ne vous étonnez de rien, et suivez-moi. » Zadig ne savait encore s'il avait affaire au plus fou ou au plus sage de tous les hommes ; mais l'ermite parlait avec tant d'ascendant[2] que Zadig, lié d'ailleurs par son serment, ne put s'empêcher de le suivre.

Ils arrivèrent le soir à une maison agréablement bâtie, mais simple, où rien ne sentait ni la prodigalité[3] ni l'avarice. Le maître était un philosophe retiré du monde, qui cultivait en paix la sagesse et la vertu, et qui cependant ne s'ennuyait pas. Il s'était plu à bâtir cette retraite, dans laquelle il recevait les

1. *Magnifique :* généreux. \ **2.** *Ascendant :* autorité. \ **3.** *Prodigalité :* générosité excessive.

étrangers avec une noblesse qui n'avait rien de l'ostentation[1]. Il alla lui-même au-devant des deux voyageurs, qu'il fit reposer d'abord dans un appartement commode. Quelque temps après, il les vint prendre lui-même pour les inviter à un repas propre et bien entendu[2], pendant lequel il parla avec discrétion des dernières révolutions de Babylone. Il parut sincèrement attaché à la reine, et souhaita que Zadig eût paru dans la lice pour disputer la couronne. « Mais les hommes, ajouta-t-il, ne méritent pas d'avoir un roi comme Zadig. » Celui-ci rougissait et sentait redoubler ses douleurs. On convint dans la conversation que les choses de ce monde n'allaient pas toujours au gré des plus sages. L'ermite soutint toujours qu'on ne connaissait pas les voies de la Providence, et que les hommes avaient tort de juger d'un tout dont ils n'apercevaient que la plus petite partie.

On parla des passions. « Ah ! qu'elles sont funestes ! disait Zadig. – Ce sont les vents qui enflent les voiles du vaisseau, repartit l'ermite ; elles le submergent quelquefois ; mais sans elles il ne pourrait voguer. La bile rend colère et malade ; mais sans la bile l'homme ne saurait vivre. Tout est dangereux ici-bas, et tout est nécessaire. »

On parla du plaisir, et l'ermite prouva que c'est un présent de la Divinité : « Car, dit-il, l'homme ne peut se donner ni sensations ni idées, il reçoit tout ; la peine et le plaisir lui viennent d'ailleurs, comme son être. »

Zadig admirait comment un homme qui avait fait des choses si extravagantes pouvait raisonner si bien. Enfin, après un entretien aussi instructif qu'agréable, l'hôte reconduisit ses deux voyageurs dans leur appartement, en bénissant le Ciel qui lui avait envoyé deux hommes si sages et si vertueux. Il

1. *Ostentation :* étalage de richesses. \ 2. *Propre et bien entendu :* bon et bien composé.

leur offrit de l'argent d'une manière aisée et noble qui ne pouvait déplaire. L'ermite le refusa, et lui dit qu'il prenait congé de lui, comptant partir pour Babylone avant le jour. Leur séparation fut tendre ; Zadig se sentait plein d'estime et d'inclination[1] pour un homme si aimable.

Quand l'ermite et lui furent dans leur appartement, ils firent longtemps l'éloge de leur hôte. Le vieillard au point du jour éveilla son camarade. « Il faut partir, dit-il ; mais, tandis que tout le monde dort encore, je veux laisser à cet homme un témoignage de mon estime et de mon affection. » En disant ces mots, il prit un flambeau, et mit le feu à la maison. Zadig, épouvanté, jeta des cris, et voulut l'empêcher de commettre une action si affreuse. L'ermite l'entraînait par une force supérieure ; la maison était enflammée. L'ermite, qui était déjà assez loin avec son compagnon, la regardait brûler tranquillement. « Dieu merci ! dit-il, voilà la maison de mon cher hôte détruite de fond en comble ! L'heureux homme ! » À ces mots Zadig fut tenté à la fois d'éclater de rire, de dire des injures au révérend père, de le battre et de s'enfuir, mais il ne fit rien de tout cela, et, toujours subjugué par l'ascendant de l'ermite, il le suivit malgré lui à la dernière couchée[2].

Ce fut chez une veuve charitable et vertueuse qui avait un neveu de quatorze ans, plein d'agréments et son unique espérance. Elle fit du mieux qu'elle put les honneurs de sa maison. Le lendemain, elle ordonna à son neveu d'accompagner les voyageurs jusqu'à un pont qui, étant rompu depuis peu, était devenu un passage dangereux. Le jeune homme, empressé, marche au-devant d'eux. Quand ils furent sur le pont : « Venez, dit l'ermite au jeune homme, il faut que je marque ma reconnaissance à votre tante. » Il le prend alors par

1. *Inclination :* affection. \ **2.** *Couchée :* étape où l'on dort lors d'un voyage.

les cheveux et le jette dans la rivière. L'enfant tombe, reparaît un moment sur l'eau, et est engouffré dans le torrent. « Ô monstre ! ô le plus scélérat de tous les hommes ! s'écria Zadig. – Vous m'aviez promis plus de patience, lui dit l'ermite en l'interrompant : apprenez que, sous les ruines de cette maison où la Providence a mis le feu, le maître a trouvé un trésor immense ; apprenez que ce jeune homme, dont la Providence a tordu le cou, aurait assassiné sa tante dans un an, et vous dans deux. – Qui te l'a dit, barbare ? cria Zadig ; et quand tu aurais lu cet événement dans ton livre des destinées, t'est-il permis de noyer un enfant qui ne t'a point fait de mal ? »

Tandis que le Babylonien parlait, il aperçut que le vieillard n'avait plus de barbe, que son visage prenait les traits de la jeunesse. Son habit d'ermite disparut ; quatre belles ailes couvraient son corps majestueux et resplendissant de lumière. « Ô envoyé du Ciel ! ô mon ange divin ! s'écria Zadig en se prosternant, tu es donc descendu de l'empyrée[1] pour apprendre à un faible mortel à se soumettre aux ordres éternels ? – Les hommes, dit l'ange Jesrad[2], jugent de tout sans rien connaître : tu étais celui de tous les hommes qui méritait le plus d'être éclairé. » Zadig lui demanda la permission de parler. « Je me défie de moi-même, dit-il ; mais oserai-je te prier de m'éclaircir un doute : ne vaudrait-il pas mieux avoir corrigé cet enfant, et l'avoir rendu vertueux, que de le noyer ? » Jesrad reprit : « S'il avait été vertueux, et s'il eût vécu, son destin était d'être assassiné lui-même avec la femme qu'il devait épouser, et le fils qui en devait naître. – Mais quoi ! dit Zadig, il est donc nécessaire qu'il y ait des crimes et des malheurs, et les malheurs tombent sur les gens de bien ? – Les méchants, répondit Jesrad, sont toujours

1. *Empyrée :* séjour des dieux. \ **2.** *Jesrad :* ange du Bien, « envoyé de Dieu », en perse.

malheureux : ils servent à éprouver[1] un petit nombre de justes répandus sur la terre, et il n'y a point de mal dont il ne naisse un bien. – Mais, dit Zadig, s'il n'y avait que du bien, et point de mal ? – Alors, reprit Jesrad, cette terre serait une autre terre ; l'enchaînement des événements serait un autre ordre de sagesse ; et cet autre ordre, qui serait parfait, ne peut être que dans la demeure éternelle de l'Être suprême, de qui le mal ne peut approcher. Il a créé des millions de mondes dont aucun ne peut ressembler à l'autre. Cette immense variété est un attribut de sa puissance immense. Il n'y a ni deux feuilles d'arbre sur la terre, ni deux globes dans les champs infinis du ciel, qui soient semblables ; et tout ce que tu vois sur le petit atome[2] où tu es né devait être dans sa place et dans son temps fixe, selon les ordres immuables de celui qui embrasse tout. Les hommes pensent que cet enfant qui vient de périr est tombé dans l'eau par hasard, et c'est par un même hasard que cette maison est brûlée ; mais il n'y a point de hasard ; tout est épreuve, ou punition, ou récompense, ou prévoyance. Souviens-toi de ce pêcheur qui se croyait le plus malheureux de tous les hommes. Orosmade t'a envoyé pour changer sa destinée. Faible mortel, cesse de disputer contre[3] ce qu'il faut adorer. – Mais, dit Zadig… » Comme il disait *mais*, l'ange prenait déjà son vol vers la dixième sphère. Zadig, à genoux, adora la Providence, et se soumit. L'ange lui cria du haut des airs : « Prends ton chemin vers Babylone. »

---

1. *Éprouver :* mettre à l'épreuve. \ **2.** *Le petit atome :* la Terre. \ **3.** *Disputer contre :* contester, discuter.

Chapitre 19

Les Énigmes

Zadig, hors de lui-même et comme un homme auprès de qui est tombé le tonnerre, marchait au hasard. Il entra dans Babylone le jour où ceux qui avaient combattu dans la lice étaient déjà assemblés dans le grand vestibule du palais pour expliquer les énigmes, et pour répondre aux questions du grand mage. Tous les chevaliers étaient arrivés, excepté l'armure verte. Dès que Zadig parut dans la ville, le peuple s'assembla autour de lui ; les yeux ne se rassasiaient point de le voir, les bouches de le bénir, les cœurs de lui souhaiter l'empire. L'envieux le vit passer, frémit, et se détourna ; le peuple le porta jusqu'au lieu de l'assemblée. La reine, à qui on apprit son arrivée, fut en proie à l'agitation de la crainte et de l'espérance ; l'inquiétude la dévorait : elle ne pouvait comprendre ni pourquoi Zadig était sans armes, ni comment Itobad portait l'armure blanche. Un murmure confus s'éleva à la vue de Zadig. On était surpris et charmé de le revoir ; mais il n'était permis qu'aux chevaliers qui avaient combattu de paraître dans l'assemblée.

« J'ai combattu comme un autre, dit-il ; mais un autre porte ici mes armes ; et, en attendant que j'aie l'honneur de le prouver, je demande la permission de me présenter pour expliquer les énigmes. » On alla aux voix : sa réputation de probité était encore si fortement imprimée dans les esprits qu'on ne balança[1] pas à l'admettre.

1. *Balança :* hésita.

Le grand mage proposa d'abord cette question :

« Quelle est de toutes les choses du monde la plus longue et la plus courte, la plus prompte et la plus lente, la plus divisible et la plus étendue, la plus négligée et la plus regrettée, sans qui rien ne peut se faire, qui dévore tout ce qui est petit, et qui vivifie tout ce qui est grand ? »

C'était à Itobad à parler. Il répondit qu'un homme comme lui n'entendait rien aux énigmes, et qu'il suffisait d'avoir vaincu à grands coups de lance. Les uns dirent que le mot de l'énigme était la fortune, d'autres la terre, d'autre la lumière. Zadig dit que c'était le temps. « Rien n'est plus long, ajouta-t-il, puisqu'il est la mesure de l'éternité ; rien n'est plus court, puisqu'il manque à tous nos projets ; rien n'est plus lent pour qui attend ; rien de plus rapide pour qui jouit ; il s'étend jusqu'à l'infini en grand ; il se divise jusque dans l'infini en petit ; tous les hommes le négligent, tous en regrettent la perte ; rien ne se fait sans lui ; il fait oublier tout ce qui est indigne de la postérité [1], et il immortalise les grandes choses. » L'assemblée convint que Zadig avait raison.

On demanda ensuite : « Quelle est la chose qu'on reçoit sans remercier, dont on jouit sans savoir comment, qu'on donne aux autres quand on ne sait où l'on en est, qu'on perd sans s'en apercevoir ? »

Chacun dit son mot. Zadig devina seul que c'était la vie. Il expliqua toutes les autres énigmes avec la même facilité. Itobad disait toujours que rien n'était plus aisé, et qu'il en serait venu à bout tout aussi facilement s'il avait voulu s'en donner la peine. On proposa des questions sur la justice, sur le souverain bien, sur l'art de régner. Les réponses de Zadig furent jugées les plus solides. « C'est bien dommage, disait-on, qu'un si bon esprit soit un si mauvais cavalier.

1. *Postérité :* ensemble des générations à venir.

– Illustres seigneurs, dit Zadig, j'ai eu l'honneur de vaincre dans la lice. C'est à moi qu'appartient l'armure blanche. Le seigneur Itobad s'en empara pendant mon sommeil : il jugea apparemment qu'elle lui siérait[1] mieux que la verte. Je suis prêt de lui prouver d'abord devant vous, avec ma robe et mon épée, contre toute cette belle armure blanche qu'il m'a prise, que c'est moi qui ai eu l'honneur de vaincre le brave Otame. ».

Itobad accepta le défi avec la plus grande confiance. Il ne doutait pas qu'étant casqué, cuirassé, brassardé, il ne vînt aisément à bout d'un champion en bonnet de nuit et en robe de chambre. Zadig tira son épée en saluant la reine, qui le regardait, pénétrée de joie et de crainte. Itobad tira la sienne, en ne saluant personne. Il s'avança sur Zadig comme un homme qui n'avait rien à craindre. Il était prêt à lui fendre la tête. Zadig sut parer le coup, en opposant ce qu'on appelle le fort de l'épée au faible[2] de son adversaire, de façon que l'épée d'Itobad se rompit. Alors Zadig, saisissant son ennemi au corps, le renversa par terre ; et, lui portant la pointe de son épée au défaut de la cuirasse[3] : « Laissez-vous désarmer, dit-il, ou je vous tue. » Itobad, toujours surpris des disgrâces qui arrivaient à un homme comme lui, laissa faire Zadig, qui lui ôta paisiblement son magnifique casque, sa superbe cuirasse, ses beaux brassards, ses brillants cuissards, s'en revêtit, et courut, dans cet équipage, se jeter aux genoux d'Astarté. Cador prouva aisément que l'armure appartenait à Zadig. Il fut reconnu roi d'un consentement unanime, et surtout de celui d'Astarté, qui goûtait, après tant d'adversités[4], la douceur de voir son amant digne aux yeux de l'univers d'être son époux. Itobad alla se faire appeler monseigneur dans sa

1. *Siérait :* conviendrait. \ **2.** *Le fort de l'épée* est la partie la plus proche du manche et donc la plus solide, alors que *le faible* est le tiers situé vers la lame. \ **3.** *Au défaut de la cuirasse :* sur la partie vulnérable de la cuirasse. \ **4.** *Adversités :* malheurs.

maison. Zadig fut roi, et fut heureux. Il avait présent à l'esprit ce que lui avait dit l'ange Jesrad. Il se souvenait même du grain de sable devenu diamant. La reine et lui adorèrent la Providence. Zadig laissa la belle capricieuse Missouf courir le monde. Il envoya chercher le brigand Arbogad, auquel il donna un grade honorable dans son armée, avec promesse de l'avancer aux premières dignités s'il se comportait en vrai guerrier, et de le faire pendre s'il faisait le métier de brigand.

Sétoc fut appelé du fond de l'Arabie, avec la belle Almona, pour être à la tête du commerce de Babylone. Cador fut placé et chéri selon ses services ; il fut l'ami du roi, et le roi fut alors le seul monarque de la terre qui eût un ami. Le petit muet ne fut pas oublié. On donna une belle maison au pêcheur. Orcan fut condamné à lui payer une grosse somme et à lui rendre sa femme ; mais le pêcheur, devenu sage, ne prit que l'argent.

Ni la belle Sémire ne se consolait d'avoir cru que Zadig serait borgne, ni Azora ne cessait de pleurer d'avoir voulu lui couper le nez. Il adoucit leurs douleurs par des présents. L'envieux mourut de rage et de honte. L'empire jouit de la paix, de la gloire et de l'abondance ; ce fut le plus beau siècle de la terre : elle était gouvernée par la justice et par l'amour. On bénissait Zadig, et Zadig bénissait le Ciel.

Appendice

La Danse – Les Yeux bleus

Ces deux chapitres ont été publiés pour la première fois après la mort de Voltaire ; ils étaient numérotés 14 et 15.

La Danse

Sétoc devait aller, pour les affaires de son commerce, dans l'île de Serendib[1] ; mais le premier mois de son mariage, qui est, comme on sait, la lune de miel, ne lui permettait ni de quitter sa femme, ni de croire qu'il pût jamais la quitter : il pria son ami Zadig de faire pour lui le voyage. « Hélas ! disait Zadig, faut-il que je mette encore un plus vaste espace entre la belle Astarté et moi ? Mais il faut servir mes bienfaiteurs. » Il dit, il pleura et il partit.

Il ne fut pas longtemps dans l'île de Serendib sans y être regardé comme un homme extraordinaire. Il devint l'arbitre de tous les différends entre les négociants, l'ami des sages, le conseil du petit nombre de gens qui prennent conseil. Le roi voulut le voir et l'entendre. Il connut bientôt tout ce que valait Zadig ; il eut confiance en sa sagesse, et en fit son ami. La familiarité et l'estime du roi fit trembler Zadig. Il était nuit et jour pénétré du malheur que lui avaient attiré les bontés de Moabdar. « Je plais au roi, disait-il ; ne serai-je pas perdu ? »

1. *Serendib :* Ceylan, actuellement Sri Lanka.

Cependant il ne pouvait se dérober aux caresses de Sa Majesté : car il faut avouer que Nabussan, roi de Serendib, fils de Nussanab, fils de Nabassun, fils de Sanbusna[1], était un des meilleurs princes de l'Asie, et que, quand on lui parlait, il était difficile de ne le pas aimer.

Ce bon prince était toujours loué, trompé et volé ; c'était à qui pillerait ses trésors. Le receveur général[2] de l'île de Serendib donnait toujours cet exemple, fidèlement suivi par les autres. Le roi le savait : il avait changé de trésorier plusieurs fois ; mais il n'avait pu changer la mode établie de partager les revenus du roi en deux moitiés inégales, dont la plus petite revenait toujours à Sa Majesté, et la plus grosse aux administrateurs.

TEXTE 22

Le roi Nabussan confia sa peine au sage Zadig. « Vous qui savez tant de belles choses, lui dit-il, ne sauriez-vous point le moyen de me faire trouver un trésorier qui ne me vole point ? – Assurément, répondit Zadig, je sais une façon infaillible de vous donner un homme qui ait les mains nettes. » Le roi, charmé, lui demanda en l'embrassant comment il fallait s'y prendre. « Il n'y a, dit Zadig, qu'à faire danser tous ceux qui se présenteront pour la dignité de trésorier, et celui qui dansera avec le plus de légèreté sera infailliblement le plus honnête homme. – Vous vous moquez, dit le roi ; voilà une plaisante façon de choisir un receveur de mes finances. Quoi ! vous prétendez que celui qui fera le mieux un entrechat[3] sera le financier le plus intègre et le plus habile ? – Je ne vous réponds[4] pas qu'il sera le plus habile, repartit Zadig ; mais je vous assure que ce sera indubitablement le plus honnête homme. » Zadig parlait avec tant de confiance que le roi crut qu'il avait quelque secret surnaturel pour connaître les financiers. « Je n'aime pas le surnaturel, dit Zadig ; les gens et les

1. Parodie des généalogies orientales et bibliques. \ **2.** *Receveur général :* collecteur des impôts. \ **3.** *Entrechat :* saut de danse. \ **4.** *Réponds :* garantis.

livres à prodiges m'ont toujours déplu : si Votre Majesté veut me laisser faire l'épreuve que je lui propose, elle sera bien convaincue que mon secret est la chose la plus simple et la plus aisée. » Nabussan, roi de Serendib, fut bien plus étonné d'entendre que ce secret était simple que si on le lui avait donné pour un miracle. « Or bien, dit-il, faites comme vous l'entendrez. – Laissez-moi faire, dit Zadig, vous gagnerez à cette épreuve plus que vous ne pensez. » Le jour même il fit publier, au nom du roi, que tous ceux qui prétendaient à l'emploi de haut receveur des deniers de Sa Majesté Nabussan, fils de Nussanab, eussent à se rendre, en habits de soie légère, le premier de la lune du crocodile [1], dans l'antichambre du roi. Ils s'y rendirent au nombre de soixante et quatre. On avait fait venir des violons [2] dans un salon voisin ; tout était préparé pour le bal ; mais la porte de ce salon était fermée, et il fallait, pour y entrer, passer par une petite galerie assez obscure. Un huissier [3] vint chercher et introduire chaque candidat, l'un après l'autre, par ce passage dans lequel on le laissait seul quelques minutes. Le roi, qui avait le mot [4], avait étalé tous ses trésors dans cette galerie. Lorsque tous les prétendants furent arrivés dans le salon, Sa Majesté ordonna qu'on les fit danser. Jamais on ne dansa plus pesamment et avec moins de grâce. Ils avaient tous la tête baissée, les reins courbés, les mains collées à leurs côtés. « Quels fripons ! » disait tout bas Zadig. Un seul d'entre eux formait des pas avec agilité, la tête haute, le regard assuré, les bras étendus, le corps droit, le jarret ferme. « Ah ! l'honnête homme ! le brave homme ! » disait Zadig. Le roi embrassa ce bon danseur, le déclara trésorier, et tous les autres furent punis et taxés [5] avec la plus grande justice du

1. *La lune du crocodile :* élément du zodiaque chinois. \ **2.** *Violons :* anachronisme, car le violon est une invention du XVIe siècle. \ **3.** *Huissier :* garde qui se tient à la porte (le huis) et qui fait entrer les visiteurs. \ **4.** *Qui avait le mot :* qui était dans le secret. \ **5.** *Taxés :* soumis à une amende.

monde : car chacun, dans le temps qu'il avait été dans la galerie, avait rempli ses poches et pouvait à peine marcher. Le roi fut fâché pour la nature humaine que de ces soixante et quatre danseurs il y eût soixante et trois filous. La galerie obscure fut appelée *le corridor de la tentation*. On aurait, en Perse, empalé ces soixante et trois seigneurs ; en d'autres pays, on eût fait une chambre de justice[1] qui eût consommé en frais le triple de l'argent volé, et qui n'eût rien remis dans les coffres du souverain ; dans un autre royaume, ils se seraient pleinement justifiés, et auraient fait disgracier ce danseur si léger : à Serendib, ils ne furent condamnés qu'à augmenter le trésor public, car Nabussan était fort indulgent.

Il était aussi fort reconnaissant ; il donna à Zadig une somme d'argent plus considérable qu'aucun trésorier n'en avait jamais volé au roi son maître. Zadig s'en servit pour envoyer des exprès[2] à Babylone, qui devaient l'informer de la destinée d'Astarté. Sa voix trembla en donnant cet ordre, son sang reflua vers son cœur, ses yeux se couvrirent de ténèbres, son âme fut prête à l'abandonner. Le courrier partit, Zadig le vit embarquer ; il rentra chez le roi, ne voyant personne, croyant être dans la chambre, et prononçant le nom d'amour. « Ah ! l'amour, dit le roi, est précisément ce dont il s'agit ; vous avez deviné ce qui fait ma peine. Que vous êtes un grand homme ! J'espère que vous m'apprendrez à connaître une femme à toute épreuve, comme vous m'avez fait trouver un trésorier désintéressé. » Zadig, ayant repris ses sens, lui promit de le servir en amour comme en finance, quoique la chose parût plus difficile encore.

1. *Chambre de justice :* tribunal pour enquêter et juger. \ **2.** *Exprès :* messagers.

Les Yeux bleus

« Le corps et le cœur », dit le roi à Zadig… À ces mots, le Babylonien ne peut s'empêcher d'interrompre Sa Majesté. « Que je vous sais bon gré, dit-il, de n'avoir point dit *l'esprit et le cœur* ! car on n'entend que ces mots dans les conversations de Babylone ; on ne voit que des livres où il est question du cœur et de l'esprit composés par des gens qui n'ont ni de l'un ni de l'autre ; mais, de grâce, Sire, poursuivez. » Nabussan continua ainsi : « Le corps et le cœur sont chez moi destinés à aimer ; la première de ces deux puissances a tout lieu d'être satisfaite. J'ai ici cent femmes à mon service, toutes belles, complaisantes, prévenantes, voluptueuses même, ou feignant de l'être avec moi. Mon cœur n'est pas à beaucoup près si heureux. Je n'ai que trop éprouvé qu'on caresse [1] beaucoup le roi de Serendib, et qu'on se soucie fort peu de Nabussan. Ce n'est pas que je croie mes femmes infidèles ; mais je voudrais trouver une âme qui fût à moi ; je donnerais pour un pareil trésor les cent beautés dont je possède les charmes : voyez si, sur ces cent sultanes, vous pouvez m'en trouver une dont je sois sûr d'être aimé. »

Zadig lui répondit comme il avait fait sur l'article des financiers : « Sire, laissez-moi faire ; mais permettez d'abord que je dispose de ce que vous aviez étalé dans la galerie de la tentation ; je vous en rendrai bon compte et vous n'y perdrez rien. » Le roi le laissa le maître absolu. Il choisit dans Serendib trente-trois petits bossus des plus vilains qu'il put trouver, trente-trois pages des plus beaux, et trente-trois bonzes [2] des plus éloquents et des plus robustes. Il leur laissa à tous la liberté d'entrer dans les cellules des sultanes ; chaque petit

1. *Caresse :* flatte. \ **2.** *Bonzes :* prêtres bouddhistes.

bossu eut quatre mille pièces d'or à donner, et dès le premier jour tous les bossus furent heureux. Les pages, qui n'avaient rien à donner qu'eux-mêmes, ne triomphèrent qu'au bout de deux ou trois jours. Les bonzes eurent un peu plus de peine ; mais enfin trente-trois dévotes se rendirent à eux. Le roi, par des jalousies [1] qui avaient vue sur toutes les cellules, vit toutes ces épreuves, et fut émerveillé. De ses cent femmes, quatre-vingt-dix-neuf succombèrent à ses yeux.

Il en restait une toute jeune, toute neuve, de qui Sa Majesté n'avait jamais approché. On lui détacha un, deux, trois bossus, qui lui offrirent jusqu'à vingt mille pièces ; elle fut incorruptible, et ne put s'empêcher de rire de l'idée qu'avaient ces bossus de croire que de l'argent les rendrait mieux faits. On lui présenta les deux plus beaux pages ; elle dit qu'elle trouvait le roi encore plus beau. On lui lâcha le plus éloquent des bonzes, et ensuite le plus intrépide ; elle trouva le premier un bavard, et ne daigna pas même soupçonner le mérite du second. « Le cœur fait tout, disait-elle ; je ne céderai jamais ni à l'or d'un bossu, ni aux grâces d'un jeune homme, ni aux séductions d'un bonze ; j'aimerai uniquement Nabussan fils de Nussanab, et j'attendrai qu'il daigne m'aimer. » Le roi fut transporté de joie, d'étonnement et de tendresse. Il reprit tout l'argent qui avait fait réussir les bossus, et en fit présent à la belle Falide ; c'était le nom de cette jeune personne. Il lui donna son cœur : elle le méritait bien. Jamais la fleur de la jeunesse ne fut si brillante ; jamais les charmes de la beauté ne furent si enchanteurs. La vérité de l'histoire ne permet pas de taire qu'elle faisait mal la révérence ; mais elle dansait comme les fées, chantait comme les sirènes [2] et parlait comme les Grâces [3] : elle était pleine de talents et de vertus.

---

1. *Jalousies :* fenêtres, volets, qui permettent de voir sans être vu. \ **2.** *Sirènes :* divinités marines de la mythologie grecque, qui attirent les marins par leur chant. \ **3.** *Grâces :* divinités grecques représentant la beauté.

Nabussan, aimé, l'adora ; mais elle avait les yeux bleus, et ce fut la source des plus grands malheurs. Il y avait une ancienne loi qui défendait aux rois d'aimer une de ces femmes que les Grecs ont appelées depuis *boopies* [1]. Le chef des bonzes avait établi cette loi il y avait plus de cinq mille ans ; c'était pour s'approprier la maîtresse du premier roi de l'île de Serendib que ce premier bonze avait fait passer l'anathème [2] des yeux bleus en constitution fondamentale d'État. Tous les ordres de l'Empire vinrent faire à Nabussan des remontrances. On disait publiquement que les derniers jours du royaume étaient arrivés, que l'abomination était à son comble, que toute la nature était menacée d'un événement sinistre ; qu'en un mot Nabussan fils de Nussanab aimait deux grands yeux bleus. Les bossus, les financiers, les bonzes et les brunes remplirent le royaume de leurs plaintes.

Les peuples sauvages qui habitent le nord de Serendib profitèrent de ce mécontentement général. Ils firent une irruption dans les États du bon Nabussan. Il demanda des subsides [3] à ses sujets ; les bonzes, qui possédaient la moitié des revenus de l'État, se contentèrent de lever les mains au ciel, et refusèrent de les mettre dans leurs coffres pour aider le roi. Ils firent de belles prières en musique, et laissèrent l'État en proie aux barbares.

« Ô mon chez Zadig, me tireras-tu encore de cet horrible embarras ? s'écria douloureusement Nabussan. – Très volontiers, répondit Zadig ; vous aurez de l'argent des bonzes tant que vous voudrez. Laissez à l'abandon les terres où sont situés leurs châteaux, et défendez seulement les vôtres. » Nabussan n'y manqua pas : les bonzes vinrent se jeter aux pieds du roi et implorer son assistance. Le roi leur répondit par une belle

1. *Boopies :* épithète homérique signifiant « aux yeux de vache », qualifiant Héra et peut-être ici la favorite de Louis XV, Mme de Pompadour (voir « L'œuvre dans l'histoire », p. 119). \ **2.** *Anathème :* interdit religieux. \ **3.** *Subsides :* aide financière.

musique dont les paroles étaient des prières au Ciel pour la conservation de leurs terres. Les bonzes enfin donnèrent de l'argent, et le roi finit heureusement[1] la guerre. Ainsi Zadig, par ses conseils sages et heureux, et par les plus grands services, s'était attiré l'irréconciliable inimitié des hommes les plus puissants de l'État : les bonzes et les brunes jurèrent sa perte ; les financiers et les bossus ne l'épargnèrent pas ; on le rendit suspect au bon Nabussan. Les services rendus restent souvent dans l'antichambre, et les soupçons entrent dans le cabinet, selon la sentence de Zoroastre : c'était tous les jours de nouvelles accusations ; la première est repoussée, la seconde effleure, la troisième blesse, la quatrième tue.

Zadig intimidé, qui avait bien fait les affaires de son ami Sétoc et qui lui avait fait tenir son argent, ne songea plus qu'à partir de l'île, et résolut d'aller lui-même chercher des nouvelles d'Astarté. « Car, disait-il, si je reste dans Serendib, les bonzes me feront empaler ; mais où aller ? Je serai esclave en Égypte, brûlé, selon toutes les apparences, en Arabie, étranglé à Babylone. Cependant il faut savoir ce qu'Astarté est devenue : partons, et voyons à quoi me réserve ma triste destinée. »

---

1. *Heureusement :* avec succès.

DOSSIER

LIRE L'ŒUVRE

QUESTIONNAIRE DE LECTURE

LE TITRE ET LE SOUS-TITRE

1. Après la lecture de l'œuvre, quel sens donnez-vous au choix du titre *(Zadig)* et du sous-titre *(la Destinée)* par Voltaire ?

LA STRUCTURE

2. Complétez le tableau ci-dessous.

Chapitres	Lieux	Personnages	Événements
1. Le Borgne	*Babylone.*	*Moabdar (le roi), Sémire, Orcan, Azora.*	*Trahison de Sémire, mariage avec Azora.*
2. Le Nez			
3. Le Chien et le Cheval			
4. L'Envieux			
5. Les Généreux			
6. Le Ministre			
7. Les Disputes et les Audiences			
8. La Jalousie			
9. La Femme battue			
10. L'Esclavage			
11. Le Bûcher			
12. Le Souper			
13. Les Rendez-Vous			
14. Le Brigand			

15. Le Pêcheur			
16. Le Basilic			
17. Les Combats			
18. L'Ermite			
19. Les Énigmes	*Babylone.*	*Itobad et les autres personnages du conte.*	*Zadig résout les énigmes du grand mage de Babylone et devient roi.*
La Danse			
Les Yeux bleus			

3. Relevez les temps forts du récit. Qu'est-ce qui en constitue le fil directeur ? Pouvez-vous identifier des éléments récurrents dans le parcours du héros ?

4. Relevez les passages dans lesquels Zadig revient sur sa destinée, ainsi que les récits rétrospectifs formulés par d'autres personnages. Repérez ensuite les anticipations de la narration. Comment ces différents passages sont-ils disposés dans le conte ? Quelle est leur fonction ?

5. Après avoir repéré les indices permettant, notamment au début ou à la fin de chaque chapitre, de localiser l'action dans l'espace et le temps, précisez la durée de chaque épisode à partir du chapitre 10. Vous direz ensuite pourquoi selon vous Voltaire a choisi de multiplier les changements de lieu et de varier la durée des différents épisodes.

6. Les chapitres « La Danse » et « Les Yeux bleus » ont vraisemblablement été composés en 1752, au cours du séjour de Voltaire à la cour de Frédéric de Prusse. Ils peuvent être insérés en tant que quatorzième et quinzième chapitres dans le déroulement du récit. Montrez en quoi ils se rattachent à l'ensemble de la narration et présentent des traits stylistiques habituels de *Zadig*, bien qu'ils n'aient jamais figuré dans aucune édition du vivant de Voltaire (la première édition est l'édition posthume de Kehl en 1784).

LE GENRE DU CONTE

L'espace et le temps

7. Dans quels lieux Voltaire a-t-il décidé de situer l'action ? De quel genre littéraire l'œuvre est-elle ainsi rapprochée par le choix de ce cadre ?

■ Pour répondre
Vous relèverez les noms des différents lieux évoqués au fil de l'intrigue ainsi que dans l'épître dédicatoire.

8. À quelle époque la narration se situe-t-elle ? Quel est l'effet produit par ce choix de l'auteur ?

9. Quelles sont les principales étapes de la narration ? Pourquoi peut-on dire que cette progression est caractéristique du genre du conte ?

10. Comparez le début et la fin de l'œuvre : en quoi sont-ils caractéristiques du genre du conte ?

Les personnages

11. Comment Zadig est-il décrit dans le premier chapitre ? S'agit-il d'une évocation réaliste ? Que nous laisse-t-elle entrevoir sur la suite des aventures du héros ?

12. Quelle place tiennent les personnages féminins dans l'œuvre ?

■ Pour répondre
Étudiez le rôle d'Astarté, puis tentez de classer les différents types de personnages féminins de l'œuvre.

13. Quels rôles jouent les personnages d'Astarté, de Sétoc, d'Almona et de l'ermite dans le récit ? Définissez également celui de Moabdar, d'Orcan, de Sémire, d'Azora et d'Arimaze. Que peut-on en déduire sur la caractérisation des personnages dans le conte ?

L'enseignement du conte philosophique

• Les moyens de l'enseignement : le jeu entre le héros et le narrateur

14. Étudiez l'évolution du personnage de Zadig en comparant son attitude au début de chaque nouvelle péripétie à sa réflexion qui clôt chaque chapitre. Comment le narrateur utilise-t-il son personnage ?

■ Pour répondre
Vous pouvez relire les chapitres 3, 8, 17 et 19, qui présentent des exemples caractéristiques de cette manière de raconter.

15. Qui prend généralement le récit à sa charge ? Quel autre point de vue trouve-t-on et quel est l'effet produit ?

Pour répondre
Vous pouvez relire les chapitres 1 puis 3, 14, 16, 18.

• Le contenu de l'enseignement : les thèmes de la critique

16. Quelles sont les caractéristiques du souverain incarné par Moabdar et Ogul ? À l'opposé, quelle image de cette fonction Zadig donne-t-il ?

17. Étudiez le thème de la justice, qui se retrouve à plusieurs reprises dans l'œuvre, notamment dans les chapitres 3, 4, 5 et 6. Quel est le but visé par l'auteur dans cette peinture ?

18. Quelle autre cible est également visée par Voltaire, notamment au chapitre 13 ?

19. À partir des réponses fournies aux questions 16 à 18, définissez la notion de conte philosophique.

L'ŒUVRE DANS L'HISTOIRE

LE CONTEXTE POLITIQUE

LA FRANCE DE LOUIS XV

Les réalités historiques...

Zadig est un conte publié en 1747, pendant le long règne de Louis XV, qui s'étend de 1723 à 1774.

En 1715, à la mort de Louis XIV, qui a régné près de 54 ans, Louis XV, son petit-fils, n'a que cinq ans. Ce n'est donc qu'en 1723 que débute son règne, après la régence du duc d'Orléans. Le début de son règne se déroule sous l'égide du cardinal de Fleury, le précepteur du roi, qui remplace Louis Henri de Bourbon Condé, Monsieur le Duc, à la tête du gouvernement, où il va exercer une influence positive jusqu'à sa mort en 1743. Cette période du règne de Louis XV, connue sous le nom de ministère Fleury, est caractérisée par la prospérité, l'essor économique, l'expansion coloniale et la stabilité en dépit de certaines tensions religieuses.

En 1743, Louis XV doit gouverner seul, mais il n'a que peu de goût et d'inclinaison pour sa charge : il a des difficultés à trancher, à prendre des décisions et à les imposer. Il peut aussi faire preuve de brutalité vis-à-vis de ses ministres auxquels – comme à Choiseul, son ministre des Affaires étrangères et ami de Voltaire – il attribue la responsabilité de ses décisions tardives. Louis XV est surtout influencé par sa favorite, Mme de Pompadour, qu'il a rencontrée en 1746, au moment où Voltaire écrit *Zadig*.

On peut voir dans la figure de Moabdar, le roi versatile et influençable, une évocation satirique du roi Louis XV. Et derrière la condamnation de l'attitude de Missouf – la courtisane capricieuse qui pèse sur le roi et lui fait prendre de mauvaises décisions selon son humeur –, on peut entendre la critique de favorites comme la marquise de Pompadour. *Zadig* évoque également les ministres : dans le conte comme dans la réalité politique française, le roi se repose sur eux avant de les faire tomber en disgrâce, ce qui explique les fréquents déboires de Zadig et ses multiples revers de fortune qui sont un des leitmotive du récit, notamment dans la première partie, où Zadig est proche de Moabdar avant de devoir quitter Bagdad pour échapper à la colère du roi au chapitre 7. Cet épisode de la fuite de Zadig fait également écho à la situation personnelle de Voltaire, obligé en octobre 1747 de quitter la Cour pour Sceaux, puis pour l'Angleterre, en raison du peu de soutien que lui manifeste le roi après un mot malheureux à l'égard de la reine [1]. Voltaire quitte ainsi la cour de France en 1749 et ne reviendra à Paris qu'en 1778, peu de temps avant sa mort.

Ces premiers croisements entre la fiction orientale et la réalité historique française nous signalent que *Zadig* n'est pas une œuvre écrite en vue du seul divertissement exotique. Dans ce conte, il s'agit le plus souvent, bien au contraire, de proposer sous le masque du dépaysement une transposition critique et satirique de l'Histoire.

... et leur transposition satirique dans le conte

On retrouve de multiples transpositions du monde contemporain de Voltaire dans la fiction orientale du conte.

Certains personnages font ainsi référence à des personnes que côtoyait l'auteur de manière plus ou moins directe. On peut, on l'a vu, reconnaître Mme de Pompadour, ou une autre maîtresse du roi, dans la belle Missouf, qui « donna la charge de grand écuyer à son nain et la place de chancelier à un page » (chapitre 16, p. 80). Le prince Moabdar, qui « aimait la poésie » (chapitre 4, p. 29), peut faire allusion au roi de Prusse Frédéric II, qui se pique de culture et avec lequel Voltaire entretient une correspondance suivie. Ce personnage rappelle Louis XV, on l'a vu, dans les rapports qu'il entretient avec ses ministres et courtisans. Mais il n'est pas le seul à faire penser au roi de France : la figure de Louis XV, en effet, est également perceptible derrière celle de « Nabussan, roi de Serendib, fils de Nussanab, fils de Nabassun, fils de Sanbusna, [...] un des meilleurs princes de l'Asie », personnage évoqué dans les deux chapitres écrits en 1752, « La Danse » et « Les Yeux bleus », où les commentateurs s'accordent pour trouver des allusions à Louis XV et aux difficultés financières qu'il connaît à ce moment. Enfin, le fanatique Yébor, évoqué au chapitre 4, représente, par le jeu de l'anagramme, Boyer, l'évêque de Mirepoix, adversaire de Voltaire depuis

1. Voir « Le contexte biographique », p. 140.

la publication des *Lettres philosophiques*. Et Oran peut faire penser, par le jeu de l'anagramme, au chevalier de Rohan, qui a contraint Voltaire à s'exiler en Angleterre en 1726.

Zadig multiplie donc les allusions à des événements et des personnages de l'actualité politique. On y trouve aussi nombre d'allusions à des événements contemporains de tous ordres. Ainsi, le chapitre 3 fait allusion de manière ironique aux travaux de l'Académie des sciences. Le chapitre 4, pour sa part, évoque la question du mélange ou de la séparation des genres comique et dramatique qui oppose les partisans du drame à ceux qui, tel Voltaire, prônent la doctrine classique : un tel débat concerne évidemment non pas l'Orient de Zadig, mais la France du XVIIIe siècle. Enfin, le chapitre 7 fait allusion aux « embellissements de Babylone » ordonnés par Zadig, qui peuvent faire écho aux travaux de rénovation de Paris.

La société orientale évoquée par le conte renvoie donc constamment à celle dans laquelle vit Voltaire. Le conte, bien qu'inscrit dans un lieu et un temps reculé, fait allusion, de manière plus ou moins directe, à l'actualité du lecteur du XVIIIe siècle, et ce aussi bien sur le plan de la politique intérieure que de la politique étrangère. Si *Zadig* transpose la réalité française des années 1740, l'œuvre nous renvoie aussi aux réalités internationales de l'époque : celles de l'Europe d'abord, de l'Empire ottoman ensuite.

L'EUROPE DU XVIIIe SIÈCLE

L'Europe est agitée par des guerres et conflits incessants qui opposent les monarchies sur des questions de territoires, de succession ou de conquête coloniale. C'est en premier lieu la succession du trône de Pologne qui agite les monarchies européennes, dans un conflit opposant la France, l'Espagne, la Sardaigne et la Bavière à la Russie et l'Autriche de 1733 à 1737. Puis, de 1741 à 1748, c'est la succession d'Autriche qui relance les hostilités entre la France, la Prusse, la Bavière, la Saxe et l'Espagne d'un côté et l'Autriche et l'Angleterre de l'autre. Cette guerre de succession sert principalement les intérêts de la Prusse. Toutes ces tensions aboutissent à la guerre de Sept Ans, qui dure de 1756 à 1763, au cours de laquelle la France, la Russie et l'Autriche s'opposent à l'Angleterre et à la Prusse. Au terme de cette guerre, la France doit renoncer à une bonne partie de son empire colonial, selon les termes du traité de Paris signé en 1763.

Ces multiples guerres et renversements d'alliances illustrent une instabilité des réalités politiques et des royaumes, au-delà de l'instabilité des destins, qui est également abordée dans *Zadig*, notamment par l'évocation de la chute de Moabdar, révélée au héros par le brigand du chapitre 14 (p. 71) : « Jamais la saison de voler n'a été meilleure, depuis que Moabdar est tué et que tout est en confusion dans Babylone. [...] Tout ce que je sais, c'est que Moabdar est devenu fou, qu'il a été tué, que Babylone est un grand coupe-gorge, que tout l'empire est désolé. » Le conte reflète ainsi à sa façon le climat d'instabilité politique que connaît l'Europe mais également l'Empire ottoman, sur le territoire duquel se déroulent plusieurs chapitres du conte.

L'EMPIRE OTTOMAN

La réalité historique

Au XVIIIe siècle, l'empire ottoman, fondé sur les ruines de l'empire byzantin, représente une des dernières grandes puissances, ce qui explique la fascination qu'il exerce dans l'imaginaire européen. Fondé par des musulmans au XIIIe siècle, il semble caractérisé par un relatif œcuménisme, puisque cohabitent sur son territoire divers peuples et religions : musulmans, juifs et chrétiens. Il rayonne sur des pays d'Europe, d'Afrique du Nord et du Proche-Orient. La France, et en particulier les Lumières, sont donc intéressés par cet exemple de syncrétisme culturel.

Mais l'Empire ottoman a également longtemps constitué une menace pour l'Europe. Son histoire est en effet celle d'une longue expansion qui va du XIIIe au XVIIe siècle. En 1280, le prince Osman crée la dynastie ottomane au bord de la mer Noire. Pour étendre ses terres, il combat d'abord contre d'autres musulmans, les Seldjoukides, ainsi que contre les chrétiens de l'Empire byzantin. L'expansion de l'Empire ottoman s'opère grâce à l'action de souverains guerriers parmi lesquels on peut mentionner tout d'abord Mehmed II le conquérant, qui règne de 1451 à 1481. C'est lui qui s'empare de Constantinople, actuellement Istanbul, et fait de la basilique Sainte-Sophie une mosquée. Par la suite, Sélim Ier (dont le règne s'étend de 1512 à 1521) accroît encore le pouvoir de l'empire en conquérant, outre l'Albanie, la Serbie et la Moldavie déjà ottomanes, l'Égypte, la Syrie et la Palestine. Son fils, Soliman le Magnifique (qui règne de 1521 à 1566), conquiert l'Arabie et l'Afrique du Nord, sauf le Maroc. Puis c'est au tour de l'Europe d'être menacée par l'expansion ottomane : Vienne est assiégée en 1529 et la Crète en 1669. L'apogée de l'empire se situe à ce moment-là. Il connaît par la suite un déclin progressif jusqu'à sa chute, en 1920.

Sa transposition dans le conte

L'Empire ottoman est une entité politique gouvernée par un sultan, qui joue le rôle de chef spirituel et temporel de l'empire. C'est cette fonction qu'exerce Zadig à la fin du conte : elle est chez les musulmans l'équivalent de celle de roi chez les peuples chrétiens. Le sultan détient tous les pouvoirs. Quand il ne participe pas à des expéditions militaires, il règne sur son empire depuis Constantinople, conquise en 1453. Le sultan dirige son empire avec l'aide du divan, équivalent d'un conseil des ministres, à la tête duquel se trouve le grand vizir, dont le rôle est semblable à celui d'un Premier ministre. C'est ce rôle de grand vizir qu'exerce Zadig aux chapitres 5 à 7 du conte. En confiant à son personnage ces hautes responsabilités politiques qui correspondent à des fonctions effectivement exercées au XVIIIe siècle dans certaines régions du monde, Voltaire ne le fait pas évoluer dans un décor de pure fantaisie. Il fait au contraire de lui un homme extrêmement puissant et influent, et souligne par là toute l'importance qu'il accorde aux valeurs que défend le personnage, un philosophe devenu un roi doté d'un pouvoir suffisamment étendu pour faire triompher les valeurs de la philosophie.

LA CIVILISATION BABYLONIENNE

Dix chapitres sur les vingt et un de *Zadig* se déroulent à Babylone. C'est le point de départ de la narration ainsi que l'aboutissement du périple du héros, qui y fait régner une forme de despotisme éclairé après en avoir été chassé par Moabdar, mal conseillé par ses courtisans, et qui subira par la suite l'influence de Missouf, la belle capricieuse. Les mœurs de la cour babylonienne sont au cœur de l'intrigue ; c'est pourquoi il convient de revenir rapidement sur l'histoire de Babylone.

Une histoire complexe

La civilisation babylonienne est celle de l'ancienne Mésopotamie, dont le territoire correspond approximativement à celui de l'Irak moderne, entre la fin du XIXe siècle et le début du VIe siècle avant notre ère. Le site de Babylone se trouve à 160 km de Bagdad.

Schématiquement, les grandes périodes de l'histoire babylonienne s'organisent ainsi : la dynastie amorrite gouverne du XIXe au XVIe siècle av. J.-C. (1894-1595), puis c'est au tour de la dynastie kassite, du XVIe au XIIe siècle av. J.-C. (1595-1153). C'est au XIIe siècle av. J.-C. que se situent les règnes de Mardouk et de Nabuchodonosor Ier. La Babylonie combat ensuite les Araméens du XIe au VIIIe siècle av. J.-C., avant que les rois assyriens ne prennent le pouvoir, qu'ils exercent de 729 à 626 av. J.-C. Babylone subit ensuite diverses dominations étrangères à partir du VIe siècle av. J.-C. jusqu'au premier siècle de notre ère, ce qui provoque peu à peu son déclin. Le Perse Cyrus l'assiège, en 539 av. J.-C., puis c'est Alexandre le Grand qui s'empare de la ville en 333 av. J.-C. Au début de notre ère, l'historien Strabon (env. 58 av. J.-C.-entre 21 et 25 apr. J.-C.) a déjà trouvé le site désert. Entre les IIIe et VIIIe siècles de notre ère, Babylone redevient perse sous la dynastie des Sassanides, mais sa splendeur appartient désormais au passé.

Un support de l'exotisme

Au XVIIIe siècle, l'Empire perse, tout comme l'Empire ottoman, est entré dans le déclin. Ces empires appartiennent au passé, et leur évocation permet ainsi au lecteur de voyager aussi bien dans l'espace que dans le temps. Babylone représente donc surtout pour Voltaire un ailleurs, un Orient mythique et littéraire, dont la réalité peut être évoquée aussi bien dans un but de pur dépaysement que dans des intentions critiques : on présentera alors, sous le masque oriental, une transposition critique de la société contemporaine de l'auteur. L'exotisme est donc décoratif quand il s'agit de faire rêver le lecteur et de le dépayser ; mais il est également critique lorsqu'il est proposé au lecteur afin de l'amener à prendre toute la distance nécessaire à la critique du monde dans lequel il évolue habituellement. L'exotisme est donc un moyen pour l'auteur de séduire son lecteur et de le pousser à la réflexion.

Dans *Zadig*, le traitement des réalités ottomane et babylonienne est significatif de l'intérêt plus général que la société du XVIIIe siècle manifeste pour l'Orient.

LE CONTEXTE CULTUREL : RÉALITÉ ET IMAGINAIRE DE L'ORIENT AU XVIIIe SIÈCLE

L'histoire et les mœurs des empires babylonien, perse et ottoman ont fasciné l'Occident et sont encore davantage à la mode au XVIIIe siècle, en raison de la vogue de l'exotisme. Voltaire n'est jamais allé en Orient mais il s'est documenté sur ces régions en lisant des récits de voyages ou l'*Histoire de la religion des anciens Perses et de leurs mages* de Thomas Hyde (1700), qui lui ont permis de se familiariser avec les coutumes orientales. En manifestant son intérêt pour cette région du monde, Voltaire rejoint l'un des grands courants de la sensibilité culturelle de son époque.

LA FASCINATION POUR L'ORIENT AU XVIIIe SIÈCLE

La diffusion du mythe oriental dans la société

Dès le Moyen Âge, l'Orient est une source de fascination mais également d'intérêt et d'étude. Le Pape Innocent III au XIIIe siècle, puis Louis XIV, vont créer successivement une chaire d'arabe à l'université de Paris et une chaire de syriaque au collège de France.

Au XVIIIe siècle, c'est par le récit de voyages que l'Orient est abordé. Dès cette époque, il représente un objet de curiosité, comme en atteste par exemple le célèbre exemple des *Lettres persanes* de Montesquieu, en particulier la lettre 80. Mais de nombreux autres textes prouvent cette vogue de l'orientalisme. Chardin publie en 1711 le *Voyage en Perse et aux Indes orientales*, et 1747 est l'année du début de la parution de l'*Histoire générale des voyages*, qui regroupe divers récits publiés au XVIIIe siècle. Mais c'est surtout la traduction française des *Contes des mille et une nuits* par Galland, de 1704 à 1717, qui déclenche la rêverie liée à l'exotisme. Le sujet de ces contes est bien connu : le roi de Perse, Chariyar, fait étrangler chaque matin la femme avec qui il a passé la nuit. Mais

Schéhérazade, la fille de son vizir, pour tenir le roi en haleine et ainsi différer son exécution, commence un conte qui va s'étendre sur mille et une nuits, et dans lequel sont évoquées entre autres les aventures d'Aladin, de Sindbad et d'Ali Baba. D'autres contes du même type ont également inspiré Voltaire. Le nom de Zadig provient en effet de l'*Histoire du grand écuyer Saddyk*, tirée de l'*Histoire de la sultane de Perse* de Chec Zadé.

La fascination pour l'Orient se traduit dans la société française par l'émergence d'un exotisme fabuleux, qui prête au dépaysement et à la rêverie : il y est beaucoup question de sensualité, de raffinement et de cruauté... Dans cet univers abondent les palais, les sérails, les déserts, les sultans, les califes, les vizirs, les femmes sensuelles comme Schéhérazade, les nomades ou les brigands comme Ali Baba. L'épître dédicatoire de *Zadig* fait du reste explicitement allusion à ce type de récits en y rattachant le conte, auquel ces différents motifs exotiques servent de cadre, de décor. Le texte est en effet adressé à la sultane Sheraa, dont le nom rappelle fortement celui de Schéhérazade, l'héroïne du conte des *Mille et Une Nuits*, qui y est explicitement citée : « C'était du temps où les Arabes et les Persans commençaient à écrire des *Mille et Une Nuits*, des *Mille et un Jours*, etc. Ouloug aimait mieux la lecture de *Zadig* ; mais les sultanes aimaient mieux les *Mille et un*. » Mais, en même temps, l'épître souligne des différences entre *Zadig* et cette tradition orientale, puisque le conte n'est pas l'un de ces contes « qui sont sans raison et qui ne signifient rien », selon le mot de Sadi, qui suggère d'emblée que l'exotisme est aussi utilisé à des fins critiques.

Voltaire et l'Orient

Zadig n'est pas le seul texte où Voltaire manifeste son intérêt pour l'Orient. Ces régions sont évoquées à plusieurs reprises dans son œuvre, notamment dans l'*Histoire de Charles XII* (1731), où il aborde la civilisation ottomane par le biais de la peinture de ce roi qui régna sur la Suède de 1697 à 1718 et fit évoluer le gouvernement de son pays vers une sorte de « despotisme oriental », exerçant un pouvoir absolu et volontiers secret dans un pays traditionnellement attaché à ses libertés. Voltaire rencontre aussi l'Orient dans d'autres écrits historiques, comme l'*Essai sur les mœurs* qu'il écrit en même temps que *Zadig*, ou dans des fictions comme *Zaïre* (1732) et *Sémiramis* (1748).

Dans l'œuvre voltairienne, l'Orient est donc tantôt un objet d'analyse, comme dans l'*Histoire de Charles XII* ou l'*Essai sur les mœurs*, tantôt prétexte à évasion. On peut dire que *Zadig* concilie ces deux orientations. En effet, le conte évoque un Orient mythique, lieu de rêve et de fantasmes, un ailleurs exotique parfois fort éloigné de la réalité et de l'histoire. L'exotisme dans le conte est d'abord – même si sa fonction ne se limite pas à cela – un cadre susceptible de faire rêver le lecteur, de le charmer, un ailleurs fantasmagorique créé par Voltaire. Mais le cadre oriental, dans cet « ouvrage qui dit plus qu'il ne semble dire » (selon les termes de l'épître dédicatoire), est utilisé comme un moyen de faire réfléchir : il renvoie une image d'une société que le lecteur doit comparer à celle dans laquelle l'auteur et lui évoluent.

LE TRAITEMENT DU CADRE ORIENTAL DANS *ZADIG*

Quelques repères objectifs

Les références aux civilisations de l'Orient passent tout d'abord par de fréquentes mentions de réalités culturelles. On peut citer tout d'abord la date de l'épître dédicatoire : « le 18 du mois de Schewal, l'an 837 de l'hégire » correspond au dix-huitième mois de l'année musulmane et se situe par rapport à l'hégire (622) – le début de l'ère musulmane –, ce qui nous transporte donc en l'année 1459 de notre ère. Le sultan Oloug-Beg a régné au XVe siècle sur la Perse. Le chaldéen, cité également dans l'épître comme la première langue de traduction du conte, est la langue parlée en Chaldée, autre nom de la Mésopotamie.

Les allusions aux *Mille et Une Nuits*, que l'on trouve également dans l'épître dédicatoire, évoquent des réalités objectives pour le lecteur du XVIIIe siècle. La traduction en français de cet ouvrage du Xe siècle est en effet parue entre 1704 et 1717. La « matière orientale », l'atmosphère des *Mille et Une Nuits* sont constamment présentes dans *Zadig*. On peut ainsi mentionner les lieux (Babylone, l'Arabie, Bassora), la description de certaines coutumes (le bûcher des veuves, l'évocation des préceptes de Zoroastre/Zarathoustra et celle du culte de Mithra, le dieu du Soleil), ainsi que toute une galerie de personnages secondaires (les derviches, les mages et archimages, les vizirs, le grand desterham, les eunuques, le sérail...). Le merveilleux oriental n'est pas absent non plus, avec la mention du griffon, du basilic, ou encore celle de l'ange Jesrad, qui sera intégré dans la fiction voltairienne. Enfin, dès le début du premier chapitre, Voltaire fait référence à Zarathoustra, « Zoroastre », qui est un prophète persan du VIIe siècle av. J.-C., célèbre pour sa théorie de l'univers, qui offre le spectacle de l'opposition permanente du Bien et du Mal.

La géographie du conte témoigne aussi d'une volonté constante d'ancrer les personnages dans des lieux orientaux. Après Babylone, dont le site est situé à 160 km de l'actuelle Bagdad en Irak, on suit Zadig en Arabie, dans le désert d'Horeb, dans le désert du Sinaï, puis à Balzora, (c'est-à-dire Bassora, autre ville également située sur le territoire de l'Irak moderne), ensuite à nouveau dans le Sinaï, l'Arabie, l'Hyrcanie (contrée de l'ancienne Perse au sud-est de la mer Caspienne) et à nouveau à Babylone. Quant aux chapitres supplémentaires, « La Danse » et « Les Yeux bleus », ils se situent à Serendib, actuellement Ceylan.

Le conte s'appuie donc sur des repères culturels et géographiques réels, malgré quelques entorses à la chronologie : il faut rappeler par exemple que le poète Sadi a vécu deux siècles avant la date de l'épître. Ainsi, malgré un certain ancrage dans la réalité historique, l'époque du conte demeure imprécise. Cette contradiction peut facilement s'expliquer, dans la mesure où Voltaire se soucie moins de reconstituer la réalité orientale que de l'utiliser comme un moyen au service de l'affirmation de ses propres valeurs.

L'Orient dénoncé

Mais le héros conserve en même temps une distance critique vis-à-vis de la plupart de ces références. En effet, Zadig remet en cause l'existence du griffon et il ne croit pas dans la valeur thérapeutique du basilic. Au contraire, c'est lui, par sa réflexion objective, qui guérit Ogul. La matière orientale permet d'introduire la critique : le merveilleux est dénoncé par l'esprit rationnel de Zadig, véritable représentant des Lumières. Le texte de Voltaire est parfaitement explicite sur ce point : « comme il était bon physicien et qu'il ne croyait pas que les perroquets fussent prophètes », « Son principal talent était de démêler la vérité, que tous les hommes cherchent à obscurcir » (chapitre 6, p. 35-36). Il dénonce la pratique du bûcher des veuves et montre la vanité de la polémique sur le mode d'accès au temple de Mithra : « Il y avait une grande querelle dans Babylone, qui durait depuis quinze cents années [...].

Zadig entra dans le temple en sautant à pieds joints et il prouva ensuite, par un discours éloquent, que le Dieu du ciel et de la terre, qui n'a d'acception de personne, ne fait pas plus de cas de la jambe gauche que de la jambe droite » (chapitre 7, p. 39).

Le héros voltairien réagit donc en philosophe qui remet en question les préjugés et le fanatisme à la lumière de la raison. Dans les exemples cités plus haut, il témoigne d'une exigence de clarté et de raison chère à Voltaire aussi bien qu'à Montesquieu ou à Diderot. Plus Zadig s'approche du bonheur, plus il triomphe du merveilleux et de la fiction orientale. Plus il avance vers sa victoire finale, plus il impose le combat contre l'obscurantisme prôné par les Lumières comme seul véritable moyen d'accéder au bonheur et à la liberté de penser (chapitres 1 à 4 et 19, p. 11-30 et 101).

Le décor oriental peut donc séduire dans un premier temps le lecteur friand de ce type de contes, mais il sert surtout à la critique et doit conduire le lecteur à s'interroger sur ses propres croyances et pratiques. On retrouve la même utilisation du dépaysement dans les *Lettres persanes* de Montesquieu ou encore dans le *Supplément au voyage de Bougainville* de Diderot avec l'utopie tahitienne. L'étranger nous contraint à reconsidérer le monde qui nous entoure avec plus d'objectivité. Il s'agit pour l'auteur de se servir de la distance apportée par l'exotisme pour remettre en cause les croyances et surtout les pratiques que dénoncent les philosophes des Lumières.

On en veut pour preuve la manière dont Voltaire se livre à la dénonciation des préjugés et du fanatisme religieux quand il évoque le culte de Mithra. Ce culte est ancien, et il relève de diverses influences : babylonienne, iranienne, gréco-romaine, judéo-chrétienne. Toutefois, il semble que les historiens des religions nous permettent d'affirmer que ce culte repose essentiellement sur des mystères nécessitant une initiation. Dès lors, la question du mode d'entrée particulier dans les temples, évoquée par Voltaire au chapitre 7 (p. 39), devient tout à fait secondaire. Il semble même que cette polémique relève de l'invention de l'auteur. On comprend cependant son intention : au-delà du cas de Mithra, il s'agit de dénoncer le formalisme des pratiques, qui conduit à des affrontements aussi durables que stériles. Il s'agit avant tout pour le philosophe des Lumières de dénoncer toute forme de superstition et de fanatisme.

L'Orient parodié

Si Zadig reste à distance des références orientales, il ne faut dès lors pas s'étonner que le style employé par le héros dans ses discours ne soit pas conforme aux canons de l'orientalisme. C'est d'ailleurs ce que soulignent certains personnages : « L'envieux et sa femme prétendirent que dans son discours il n'y avait pas assez de figures, qu'il n'avait pas fait assez danser les montagnes et les collines. "Il est sec et sans génie, disaient-ils : [...] il n'a point le bon style oriental" » (chapitre 7, p. 40).

Le lyrisme oriental ne peut être le fait du héros, représentant des Lumières. Il est toutefois présent sous la forme du pastiche. Au chapitre 13, Voltaire se prend par exemple à imiter le style fleuri et chargé des *Mille et Une Nuits* :

> Alors elle laissa voir le sein le plus charmant que la nature eût jamais formé. Un bouton de rose sur une pomme d'ivoire n'eût paru auprès que de la garance sur le buis, et les agneaux sortant du lavoir auraient semblé d'un jaune brun. [...] son nez, qui n'était pas comme la tour du mont Liban, ses lèvres qui étaient comme deux bordures de corail renfermant les plus belles perles de la mer d'Arabie, tout cela ensemble fit croire au vieillard qu'il avait vingt ans. (p. 66)

Ces pastiches sont présents dans la description de la beauté féminine, ils contribuent à recréer, mais de façon distanciée, le cadre et l'atmosphère des *Mille et Une Nuits*. Voltaire s'amuse du reste aussi, dans le titre de ses chapitres, en choisissant des énoncés qui évoquent de manière parodique le fameux recueil de contes oriental. C'est le cas des titres du chapitre 3 (« Le Chien et le Cheval »), du chapitre 14 (« Le Brigand ») ou du chapitre 16 (« Le Basilic ») que l'on peut rapprocher du « Pêcheur et du djinn », du « Cheval enchanté », du « Merveilleux cheval d'airain » ou du plus connu : « Ali Baba et les 40 voleurs ».

LE CONTEXTE IDÉOLOGIQUE : LA QUESTION DE LA PROVIDENCE, L'ÉMERGENCE DES LUMIÈRES

LA QUESTION DE LA PROVIDENCE

Le problème de l'existence du mal

La réflexion sur la Providence divine pose la question de l'existence du mal et soulève la contradiction suivante : pourquoi Dieu, l'être suprême selon l'expression de Voltaire, autorise-t-il l'existence du mal dans l'univers ? Comment Dieu, qui est parfait, a-t-il pu créer un monde imparfait ? La réponse chrétienne s'appuie sur la référence au péché originel, qui rejette la responsabilité du mal et de la faute sur Adam et Ève : l'homme seul est donc responsable de sa condition de malheur. C'est à la liberté humaine qu'il faut imputer l'existence du mal. Toutefois, le mal se manifeste également dans des catastrophes naturelles, sous une forme plus physique et frappe ainsi des innocents. La question ne semble donc pas vraiment résolue.

Au XVIIIe siècle, la question de la liberté humaine est un sujet de réflexion pour les philosophes, en particulier l'allemand Leibniz (1646-1716), qui va nourrir la réflexion de Voltaire. Dans ses *Essais de théodicée* (1710), Leibniz tente de concilier l'existence du mal et l'idée de la justice divine. Selon lui, le mal existe d'abord parce qu'il découle de l'imperfection humaine qui distingue les hommes de Dieu. Ensuite, Leibniz affirme que Dieu a créé non pas un monde parfait mais « le meilleur des mondes possibles ». Il faut donc envisager la question du mal à un niveau plus large, à l'échelle de l'univers, où il apparaît que le monde est harmonieusement constitué, que toute chose y a sa place et sa justification. De là découlent la notion de Providence et l'affirmation leibnizienne que « le monde est pour le mieux ». C'est donc, dans l'optique leibnizienne, la notion du « meilleur », et non du « bien », qu'il convient d'opposer au mal : le monde n'est pas le règne du bien, il est simplement le *meilleur* monde *possible*. La traduction latine de l'adjectif « meilleur », *optimum*, explique ainsi le nom donné à la pensée de Leibniz : l'optimisme.

Voltaire, influencé en partie par Mme du Châtelet qui admirait beaucoup le philosophe allemand, s'est penché sur les réflexions de Leibniz. Dans un premier temps, il aborde sa pensée par le biais de ses vulgarisateurs, tels Wolf et Pope qu'il lit dès 1736, alors qu'il ne découvre les *Essais de théodicée* qu'en 1739. Or la vulgarisation de Leibniz par Pope repose sur une radicalisation du point de vue, voire un contresens. Pope résume la pensée leibnizienne par les formules : « Tout ce qui existe est bon », « Tout est bon ».

Voltaire, dans un premier temps, est séduit par les théories de Leibniz et par les écrits de ses vulgarisateurs, même s'il se pose des questions, notamment sur la liberté humaine : comment en effet concilier celle-ci (qui suppose la possibilité de faire le mal) avec l'idée de la perfection du monde ? Par la suite, il prend peu à peu ses distances par rapport à ce système qu'il tourne ouvertement en dérision dans *Candide*.

Zadig se situe à la croisée des chemins de la réflexion de Voltaire, au moment où il remet en question la pensée de Leibniz sans pour autant la caricaturer de manière ironique. Dans *Zadig*, Voltaire n'a pas encore renoncé à l'optimisme.

Zadig *et la Providence*

Au moment où Voltaire écrit *Zadig*, il commence à s'interroger sur l'optimisme et à remettre les théories de Leibniz en cause. Ainsi écrit-il dans une lettre datée du 13 mars 1739 : « Toute la *Théodicée* de Leibniz ne vaut pas une expérience de Nollet[1]. »

Le conte est entièrement construit autour de l'interrogation sur la destinée. Le sous-titre, *Zadig ou la Destinée*, le révèle d'emblée, et les différents revers de fortune que connaît Zadig tout au long de son parcours s'inscrivent bien dans cette perspective. À de nombreuses reprises, le héros s'interroge sur son destin et manifeste son désappointement devant l'apparent manque de justice du sort à son égard : « "Qu'est-ce donc que la vie humaine ? Ô vertu ! à quoi m'avez-vous servi ? [...] Tout ce que j'ai fait de bien a toujours été pour moi une source de malédictions" » (chapitre 8, p. 47) ; « "[...] Les sciences, les mœurs, le courage, n'ont donc jamais servi qu'à mon infortune." » (chapitre 17, p. 91). Zadig est le jouet d'un destin qui semble se moquer de lui : « Zadig disait : "Je suis donc enfin heureux !" Mais il se trompait » (chapitre 5, p. 33) ; « "[...]

1. *Nollet* : physicien français (1700-1770).

un bonheur si étrange sera peut-être bientôt évanoui." Le perroquet répondit : "Oui." » (chapitre 6, p. 35). Le sort semble s'acharner sur le malheureux Zadig qui ne connaît des moments d'accalmie et de bonheur que pour retomber plus bas. Ainsi, au moment même de son triomphe, à la fin de son parcours, il doit encore affronter un nouvel obstacle, l'échange des armures : « Il lui échappa enfin de murmurer contre la Providence, et il fut tenté de croire que tout était gouverné par une destinée cruelle qui opprimait les bons et qui faisait prospérer les chevaliers verts » (chapitre 17, p. 91-92).

C'est alors que Zadig rencontre l'ermite, l'ange Jesrad qui lui révèle le sens de son destin et, au-delà, l'ordre providentiel qui régit la destinée humaine : « Les hommes, dit l'ange Jesrad, jugent de tout sans rien connaître : tu étais celui de tous les hommes qui méritait le plus d'être éclairé » (chapitre 18, p. 98). Toutes les épreuves rencontrées par Zadig ont donc une justification, elles l'ont mené vers la sagesse qui lui permet dans l'épilogue de gouverner au mieux : « On bénissait Zadig, et Zadig bénissait le Ciel » (chapitre 19, p. 104). L'ange Jesrad affirme en effet le rôle de la Providence, qui échappe bien souvent aux hommes : « apprenez que, sous les ruines de cette maison où la Providence a mis le feu, le maître a trouvé un trésor immense ; apprenez que ce jeune homme, dont la Providence a tordu le cou, aurait assassiné sa tante dans un an, et vous dans deux » (chapitre 18, p. 98). Zadig cesse alors ses interrogations et fait taire ses doutes : « Zadig, à genoux, adora la Providence, et se soumit » (p. 99). Il s'en remet résolument à la Providence. Toutefois, l'ange ne répond pas complètement à sa volonté de comprendre : « Faible mortel cesse de disputer contre ce qu'il te faut adorer. – Mais, dit Zadig... Comme il disait *mais*, l'ange prenait déjà son vol vers la dixième sphère » (p. 99). Cela signifie-t-il que les hommes ne doivent pas s'étonner de ne jamais vraiment comprendre un ordre providentiel qui ne relève pas de l'humain mais du divin, ou s'agit-il d'une remise en cause ironique de la part d'un auteur qui n'est plus totalement convaincu par un système auquel il s'efforce pourtant de croire encore, à l'image de son héros ?

Zadig : *l'optimisme, malgré tout*

On peut malgré tout parler de *Zadig* comme d'une œuvre marquée par l'optimisme, dans la mesure où l'épilogue affirme un ordre providentiel : tout d'abord dans le discours de l'ange, et ensuite au travers des actions exercées par le héros en faveur de la justice. Tous les personnages adjuvants du héros sont en effet récompensés pour leurs bonnes actions :

> Il envoya chercher le brigand Arbogad, auquel il donna un grade honorable dans son armée [...]. Sétoc fut appelé du fond de l'Arabie, avec la belle Almona, pour être à la tête du commerce de Babylone. Cador fut placé et chéri selon ses services [...]. Le petit muet ne fut pas oublié. On donna une belle maison au pêcheur. [...] ce fut le plus beau siècle de la terre : elle était gouvernée par la justice et par l'amour. (chapitre 19, p. 104)

Le personnage de Zadig devient l'agent de la Providence dans le conte. C'est lui qui, par ses choix et sa sagesse, incarne la providence pour les autres personnages : il sauve Almona du bûcher, le pêcheur du suicide et apaise les polémiques lors du banquet.

Voltaire ne tranche pas entre l'idée d'une Providence toute-puissante, bénéfique à l'échelle de l'univers mais incompréhensible au niveau humain, et l'idée d'une relative liberté des hommes. Dans *Zadig*, Voltaire énonce deux thèses complémentaires. Le cours de la vie du héros montre que l'homme n'est pas totalement maître de son destin, dont seul un ange est capable de lui expliquer la cohérence. Mais l'homme est en même temps libre de choisir la voie dans laquelle il inscrit son existence : sa sagesse peut le conduire au bonheur, les bons sont récompensés selon leurs mérites, alors que les capricieux, envieux, tyrans et fanatiques sont punis. Et la liberté humaine est si grande que c'est à Zadig qu'échoit le rôle de faire régner la justice à la fin du conte. Le héros devient la Providence des autres et ne se soumet pas aveuglément à celle-ci ; il incarne ainsi les immenses possibilités de la liberté humaine.

Au moment où il écrit ce conte, Voltaire est partagé entre deux croyances : il hésite entre, d'une part, un optimisme inébranlable fondé sur l'idée d'un ordre providentiel et, d'autre part, sa volonté de croire, face à la force du destin, à une relative liberté des hommes et à la possibilité qu'ils exercent, guidés par la raison, une action positive sur le cours de l'Histoire individuelle et collective. Le conte illustre la pensée de l'auteur qui évolue peu à peu jusqu'à l'ironie mordante de *Candide*, qui dénonce « la rage de soutenir que tout est bien quand tout va mal ». En effet, à partir du tremblement de terre de Lisbonne en 1755, le pessimisme s'installe dans l'esprit de Voltaire et c'est cette manière de voir qui domine dans *Candide*.

L'ÉMERGENCE DES LUMIÈRES

La contestation de l'ordre établi

Le XVIIIe siècle est d'abord et avant tout un siècle marqué par la contestation de toutes les formes de l'autorité établie. Même si la mort de Louis XIV, en 1715, est ressentie comme une libération, la France de cette époque est toujours gouvernée par une monarchie absolue qui ne reconnaît que des sujets voués à l'obéissance. « Nous ne tenons notre couronne que de Dieu » écrit encore, en 1770, le Chancelier Maupéou pour justifier l'attitude de Louis XV refusant de composer avec les Parlements entrés en rébellion contre son autorité. Durant tout le XVIIIe siècle, l'autorité royale fait l'objet de contestations de plus en plus radicales. Dès le XVIIe siècle, après l'exécution de Charles Ier (1649) et la vaine tentative de restauration de la dynastie des Stuarts (1660-1688), la Révolution anglaise a instauré une nouvelle forme de monarchie dont le pouvoir est strictement tempéré par le Parlement. Ce système politique est loué par nombre d'intellectuels qui, tel Voltaire dans les *Lettres philosophiques* (1734), y voient un modèle d'organisation de la société.

Dans le domaine politique, l'heure est à l'affirmation de l'esprit critique et de la volonté de libre examen : aucune forme d'autorité ne saurait se prévaloir de son seul prestige ni de son ancienneté pour justifier son existence. Les philosophes du XVIIIe siècle souhaitent donc éclairer les esprits par la diffusion des connaissances et ils souhaitent encourager l'usage de la raison et de la réflexion critique. Dans le domaine littéraire, le succès des *Lettres persanes* de Montesquieu (1721) peut s'interpréter comme une affirmation ironique du droit que revendiquent les philosophes de soumettre les usages et les coutumes les mieux établies au regard de la critique. Publié en 1747, *Zadig* s'inscrit dans la perspective de ce mouvement des Lumières dont il retrouve les objectifs, allant même jusqu'à faire de son personnage principal une figure emblématique du philosophe.

Une nouvelle figure : le philosophe

• Fonction et mode d'intervention du philosophe dans la société

À propos de ses ouvrages historiques, l'*Histoire de Charles XII* (1732) et l'*Essai des mœurs* (1756), Voltaire a affirmé : « Les nouvelles découvertes ont fait proscrire les anciens systèmes. On voudra connaître le genre humain dans ce détail intéressant qui fait aujourd'hui la base de la philosophie naturelle. » Ce type de propos fait de lui le représentant d'un nouveau type social qui apparaît au XVIIIe siècle, celui du philosophe qui s'estime chargé d'éclairer ses contemporains en diffusant le savoir, en le rendant accessible à un maximum de personnes et en développant l'esprit d'analyse et de critique par l'usage de la raison. En proclamant son intérêt pour les Lumières, le philosophe choisit une métaphore significative, qui évoque l'activité de la raison, appuyée sur la connaissance et les sciences, combattant l'obscurantisme et les superstitions.

Le plus illustre exemple de cette volonté des philosophes du XVIIIe siècle de procéder à la diffusion des connaissances est fourni par le grand projet de l'*Encyclopédie*, dont le premier tome paraît en 1751. Cette œuvre majeure relève principalement de la volonté de Diderot et de d'Alembert. Mais y contribuent aussi Rousseau, d'Holbach et Voltaire, dans l'objectif commun de faire accéder le plus large public à l'ensemble des connaissances et des idées nouvelles qui brisent les préjugés et dénoncent les abus. Voltaire, dans les mêmes intentions, rédige son *Dictionnaire philosophique* en 1764. Les écrivains philosophes exposent leur pensée afin d'éclairer leurs contemporains. *Zadig*, qui dénonce toutes les formes de pouvoirs abusifs et de fanatisme, s'inscrit bien dans le projet des philosophes des Lumières puisqu'il contribue à remettre en question le fonctionnement de la société, ses mœurs et ses croyances, à la lumière de la raison.

La diffusion du savoir et des idées nouvelles s'opère aussi à l'occasion d'échanges dans des salons philosophiques qui dérivent des cafés littéraires et autres salons tenus dès le XVIIe siècle. Après les salons précieux et libertins du XVIIe siècle, naissent les salons littéraires et philosophiques, comme ceux de la duchesse du Maine et de Mme du Deffand, auxquels participe Voltaire. C'est d'ailleurs chez la duchesse du Maine que Voltaire lit les premiers chapitres de *Zadig*. Les auteurs exposent leurs idées et leurs œuvres dans ces salons philosophiques, qui acquièrent donc un véritable rôle social. L'art de la conversation s'y développe afin de mieux convaincre et persuader les auditeurs.

• Zadig : un philosophe des Lumières

On retrouve cette capacité de convaincre par l'usage de la parole au chapitre 3 de *Zadig*. Le héros doit se défendre contre ses juges, finalement séduits par son éloquence : « Tous les juges admirèrent le profond et subtil discernement de Zadig » (p. 22). C'est également grâce à l'usage de la raison et de la logique qu'il réussit à mettre un terme à la querelle opposant, à propos d'opinions religieuses, l'Égyptien, l'Indien, le Celte, le Chinois et le Grec réunis à la même table au chapitre 12. Son discours est à la fois clair et argumenté, il s'oppose aux tournures obscures de l'orientalisme – ce qui lui est reproché, on l'a vu, par les personnages qui en sont les représentants : « L'Envieux et sa femme prétendirent que dans son discours il n'y avait pas assez de figures » (chapitre 7, p. 40). En effet, comme le narrateur le souligne, « Zadig se contentait d'avoir le style de la raison » (p. 40), c'est-à-dire le style du philosophe des Lumières. Zadig est donc bien le porte-parole de l'auteur dans son combat pour le triomphe de la raison et de la vérité.

L'art du dialogue est donc cultivé par Zadig, non par simple souci de convivialité, mais parce qu'il croit profondément à l'utilité de la parole et du discours pour progresser dans la recherche du vrai. On retrouve donc là toute l'attitude du philosophe des Lumières qui prône le débat d'idées et l'échange au service de l'établissement de la vérité. La confrontation d'opinions, de mœurs et de croyances est certes enrichissante par l'ouverture qu'elle propose, et elle est un moyen de voir différemment, avec plus de recul et d'objectivité, celles qui nous concernent directement. Mais le dialogue ne se résume pas à la confrontation d'opinions qui seraient toutes également respectables : dans l'esprit de Zadig comme dans celui du philosophe des Lumières, il est un outil au service de l'établissement d'une vérité qu'il faut distinguer de l'erreur, de la même manière qu'il importe par exemple de différencier bon et mauvais exercice du pouvoir dans les personnages de Zadig d'une part et de Moabdar d'autre part.

Une nouvelle littérature militante

- La réhabilitation du conte et de la fiction...

Zadig se bat pour la justice, contre l'obscurantisme et le fanatisme. Et son combat est exposé dans un texte qui prend la forme du conte pour mieux convaincre et persuader le lecteur. On peut du reste se référer à l'épître dédicatoire de *Zadig* pour mieux cerner les intentions de Voltaire : cet « ouvrage qui dit plus qu'il ne semble dire » (p. 9). D'emblée l'auteur avertit son lecteur – de même que Sadi avertit la sultane Sheraa – qu'il faut dépasser le charme exercé par la fiction orientale pour trouver le sens de ce conte différent des « contes qui sont sans raison et qui ne signifient rien » (p. 10). Voltaire, par le biais de Sadi, qui prête ces qualités à la sultane, en appelle ainsi au « sens commun », à « l'esprit très sage et [au] goût très fin » de son lecteur doué « même [d'] un petit fonds de philosophie » (p. 9-10). Dans cette épître en forme de préface à *Zadig*, Voltaire annonce explicitement, à la différence de la manière dont il procède dans *Candide* ou *L'Ingénu*, qu'il faut, au-delà de l'amusement du conte, chercher l'expression d'enjeux philosophiques.

Voltaire a pourtant longtemps méprisé le genre du conte pour son manque de sérieux. Une telle attitude n'est pas rare au siècle des Lumières : on en trouve la trace dans les termes dont use l'*Encyclopédie* à propos du conte dont le but « est moins d'instruire que d'amuser ». Voltaire l'a d'abord réservé à la distraction de son entourage (Mme du Châtelet, la duchesse du Maine) avant d'y voir le moyen de faire réfléchir le lecteur tout en le distrayant. Et c'est seulement en 1768 qu'il rassemble ses contes en les qualifiant de « philosophiques ».

Cette prise de conscience progressive des possibilités qu'offre le conte montre que, pour Voltaire, la fiction n'a pas seulement une fonction de divertissement et d'instruction, mais qu'elle peut aussi constituer une arme face à l'intolérance, aux abus et au fanatisme. Voltaire n'est d'ailleurs pas le seul à mobiliser la fiction au service de ses combats. Depuis les *Lettres persanes* de Montesquieu (1721), les écrivains diffusent leurs opinions et leurs critiques sur le fonctionnement des lois, de la société ou de la religion. Outre Montesquieu, on peut citer Diderot, dont le *Supplément au voyage de Bougainville* (1772) aborde, en inventant l'utopie tahitienne et en proposant une nouvelle variation sur le mythe du bon sauvage, la question du fondement des lois et de l'influence de la religion dans les civilisations.

•… au service des idéaux des Lumières

Zadig permet à Voltaire d'exposer les différents aspects d'un programme politique, sur le mode satirique d'abord (qui dénonce des abus en s'en moquant), mais également sur un mode plus positif. La satire politique concerne essentiellement le roi et sa cour, elle apparaît dans les chapitres 1 à 7. Dans cette partie du texte, la mise en évidence de l'injustice du roi, de la cruauté du monde judiciaire, de la férocité de la Cour relèvent d'une volonté de condamnation explicite : Voltaire dénonce la corruption des courtisans et de la justice, le caractère versatile et influençable du monarque ainsi que la cruauté dont il peut faire preuve. Mais la revendication peut aussi s'exprimer positivement : le conte esquisse la figure d'un despote éclairé au chapitre 6, lors de la description du ministère de Zadig, ou encore dans l'épilogue. Voltaire profite des fonctions politiques de son héros pour exposer ses conceptions politiques, sociales et morales à travers l'ébauche de réformes esquissées dans les chapitres 5 à 7, 11 à 12 et 19. Comme l'illustre l'épilogue du conte, l'auteur se prononce en faveur d'une monarchie éclairée, susceptible de concilier égalité et justice et de garantir le bonheur : « L'empire jouit de la paix, de la gloire et de l'abondance ; ce fut le plus beau siècle de la terre : elle était gouvernée par la justice et par l'amour » (chapitre 19, p. 104).

Le conte développe aussi un ensemble de critiques idéologiques plus générales : il prend ainsi pour cible les superstitions, l'intolérance en matière de religion et les préjugés sociaux dans les chapitres 4 (dans le passage concernant les griffons) et 11 à 13 (dans les développements relatifs aux superstitions concernant le bûcher des veuves). Le contenu et la méthode de ces critiques seront analysés en détail plus loin[1]. Mais on peut d'ores et déjà affirmer que ces différentes prises de position et dénonciations font bien de *Zadig* une œuvre des Lumières. Comme Diderot ou Montesquieu, Voltaire combat les injustices sociales et l'obscurantisme idéologique dans ses contes à vocation militante.

---

1. Voir « Vers l'épreuve », p. 167-175.

LE CONTEXTE BIOGRAPHIQUE : LES REVERS DE L'ÉCRIVAIN COURTISAN

VOLTAIRE ET LE POUVOIR

En 1747, l'année de la publication de *Zadig*, Voltaire a cinquante-trois ans et il a connu de nombreux honneurs. Il a été élu l'année précédente à l'Académie française, après avoir été nommé historiographe de France et gentilhomme ordinaire de la cour du roi. Il jouit donc de l'estime et du soutien de la Cour et plus particulièrement de celui de Mme de Pompadour, la favorite de Louis XV. Cependant Voltaire est confronté aux différents clans de courtisans.

En octobre 1747, il doit se retirer à Sceaux, dans un état de semi-disgrâce, chez la duchesse du Maine avec Mme du Châtelet (vraisemblablement après avoir accusé la reine de tricher lors d'une partie de cartes qui l'opposait à Mme du Châtelet : « Vous jouez avec des filous », a-t-il dit à celle-ci). C'est là qu'il fera sa première lecture de *Memnon*, premier titre choisi par l'auteur pour l'œuvre, probablement déjà rédigée vers 1745-1746.

ZADIG REFLET DES DÉCEPTIONS DE SON AUTEUR

L'œuvre reflète l'instabilité de la vie à la Cour, les intrigues et jalousies des courtisans, le caractère influençable et versatile des souverains, la précarité de la situation des écrivains et la fragilité du soutien des puissants. *Zadig* se fait donc l'écho de difficultés personnelles qui s'expliquent aussi par un climat politique et social plus général. En effet, les auteurs des Lumières dénoncent l'arbitraire du pouvoir absolu, dont Voltaire est victime dans le cas présent. Ainsi les divers revers de fortune de Zadig, qui navigue constamment entre la puissance et l'esclavage, peuvent se lire aussi comme une transposition de la situation personnelle de l'auteur, du moins de son état d'esprit. La fiction orientale, située dans l'Antiquité babylonienne, sert en fait à la critique de la société dans laquelle vit l'auteur. C'est également une manière de déjouer la censure. Voltaire fait du reste paraître *Zadig* à Amsterdam, sous le titre de *Memnon*, en 1747. Pour les mêmes motifs Montesquieu fera paraître l'année suivante *De l'esprit des lois* à Genève, alors que Diderot est emprisonné en 1749 en raison de la parution de sa *Lettre sur les aveugles à l'usage de ceux qui voient*. La censure royale menace donc bien les auteurs contestataires que sont les philosophes des Lumières, et cette situation peut expliquer les conditions dans lesquelles *Zadig* a été conçu et publié.

LE DÉPART, AVANT UN RETOUR PRUDENT

À la mort, en 1749, de Mme du Châtelet, la plus grande protectrice de l'auteur, Voltaire quitte la France pour la Prusse et Frédéric II. Il l'a rencontré en 1736, avant que celui-ci ne devienne roi, et n'a cessé de correspondre avec lui. Après trois années passées dans l'entourage de Frédéric II, il revient, déçu, à Genève où il écrira et publiera son conte le plus célèbre, *Candide*, en 1759, avant de s'installer définitivement en France, en 1760, à Ferney, tout près de la frontière suisse – afin d'échapper plus commodément aux atteintes de la censure.

Zadig paraît donc à une époque charnière dans la vie de Voltaire. C'est un texte écrit par un homme comblé d'honneurs et jouissant de hautes protections, mais qui doit par la suite, un peu comme son héros, supporter diverses épreuves au cours d'un semi-exil forcé.

LA RÉCEPTION DE L'ŒUVRE

LE REGARD DE VOLTAIRE SUR *ZADIG*

Voltaire, conscient de la portée satirique du conte et du pouvoir de la censure, qui s'est déjà exercé à l'encontre de nombreux écrivains des Lumières, décide de faire paraître la première version de *Zadig* – *Memnon* –, à Amsterdam. Elle circule de manière clandestine en France et l'auteur va jusqu'à en renier, de manière ironique certes, la paternité : « Je serais bien fâché de passer pour l'auteur de *Zadig*, qu'on veut décrier par les interprétations les plus odieuses, et qu'on ose accuser de contenir des dogmes téméraires contre notre religion[1]. »

Dès la deuxième édition du conte, l'auteur est conscient de sa portée critique et des ennuis que ce texte peut lui valoir. En effet, une approbation accompagne toutes les éditions du texte – sauf la première et la

1. Cité par G. Ascoli, dans *Zadig*, Didier, 1962.

dernière. On y lit une forte tonalité parodique et ironique à l'égard de la censure, et plus particulièrement du garde des Sceaux, présent sous la mention exotique de « Monsieur le cadilesquier » (p. 7) ainsi qu'à l'égard du censeur royal, Crébillon, qui n'avait pas donné son aval en 1742 à la pièce de Voltaire *Mahomet*. Cette approbation parodique dénonce par le biais de l'ironie la mauvaise foi de la censure dont les ouvrages de Voltaire ont déjà fait l'objet.

UNE ŒUVRE CONSENSUELLE ?

La publication de *Zadig* est restée anonyme au XVIIIe siècle, dans un souci de prudence que l'on peut imaginer. Cependant, les thèses défendues dans le conte, notamment à propos du rôle de la Providence, ont été assez bien accueillies. En effet Voltaire, à cette époque, n'a pas encore pris ses distances par rapport aux théories de Leibniz qui, on l'a vu, affirme dans ses *Essais de théodicée* (1710) qu'en dépit de l'existence du mal nous vivons dans le meilleur monde possible puisqu'il est ouvrage de Dieu. Ce point de vue, tourné en dérision dans *Candide*, en 1759, est encore envisagé dans *Zadig*.

L'épilogue du conte semble même reconnaître l'existence d'une Providence invisible aux hommes mais qui se manifeste *a posteriori* : « Les hommes, dit l'ange Jesrad, jugent de tout sans rien connaître : tu étais celui de tous les hommes qui méritait le plus d'être éclairé. [...] Les méchants [...] sont toujours malheureux : ils servent à éprouver un petit nombre de justes répandus sur la terre, et il n'y a point de mal dont ne naisse un bien » (chapitre 18, p. 98-99). L'ensemble du discours de l'ange ne convainc pas entièrement Zadig, qui répond par un « mais » significatif, et le passage, qui relève du merveilleux le plus pur, détone un peu dans l'ensemble du conte. Cependant, rien n'autorise à dire que les thèses providentielles sont tournées en dérision et, dès lors, le conte peut prétendre séduire un large public. En effet, il peut rallier aussi bien les suffrages des défenseurs de Leibniz que ceux des croyants (satisfaits par l'intervention surnaturelle de l'ange) ou des partisans des Lumières, qui apprécient les différentes critiques formulées à l'encontre des institutions politiques et religieuses.

LA RÉCEPTION AU XVIIIe SIÈCLE

Les critiques négatives de l'époque ont donc davantage porté sur la forme que sur le fond dans un premier temps.

L'abbé de Raynal écrivit en 1749 dans les *Nouvelles littéraires* : « Il n'y a point d'intérêt ; ce sont des contes de quelques pages, détachés les uns des autres, et qui sont extrêmement froids. Point d'instruction ; ces contes roulent sur des matières frivoles ou sur quelques objets de morale superficiellement traités. Point de sentiments ; je ne me souviens pas d'avoir guère lu rien d'aussi sec ; peu d'esprit ; les pensées y sont rares et même fort communes. »

La critique de l'époque déplore le manque d'unité du conte et ne considère pas que la continuité des sentiments de Zadig pour Astarté ou les différentes étapes de sa formation intellectuelle forment des fils directeurs suffisants. Si les diverses expériences et réflexions de Zadig le constituent peu à peu à nos yeux en vrai philosophe des Lumières, elles sont plutôt, aux yeux des contemporains, un défaut qu'il convient de reprocher à l'œuvre.

Certains avis positifs se font entendre. On peut ainsi lire dans les *Mémoires de Trévoux* (novembre 1748) : « L'auteur, qui nous est inconnu, doit avoir bien de l'esprit, un grand usage d'écrire, et beaucoup de connaissances. Il raconte avec légèreté et peint avec grâce. Son héros est Zadig [...] il a toutes les qualités, celles mêmes des philosophes. » De même le *Mercure de France* de novembre 1748 voit dans *Zadig* « beaucoup de génie et d'invention [un] style naturel [...] vif et agréable [un] héros [...] philosophe ».

Enfin, certains contemporains sont déjà sensibles à la portée critique de l'œuvre. C'est notamment le cas de Diderot, qui écrit dans une de ses *Lettres à Sophie Volland* datée du 12 août 1762 : « Voltaire en veut à tous les piédestaux. »

LES CRITIQUES DU XIXe SIÈCLE

Au XIXe siècle, le pessimisme de Voltaire fait l'objet de virulentes attaques. Ce siècle est d'abord celui du romantisme, qui se définit surtout en réaction contre le classicisme du XVIIe siècle et contre le culte de la raison du XVIIIe siècle et de ses philosophes des Lumières. Par son attrait pour la sensibilité, l'imagination, la rêverie et parfois la démesure, le romantisme ne peut que se heurter au rationalisme des Lumières et de Voltaire en particulier.

Ainsi, Chateaubriand dans le *Génie du christianisme*, paru en 1802, affirme : « [Voltaire] n'aperçoit que le côté ridicule des choses et des temps, et montre sous un jour hideusement gai l'homme à l'homme. Il charme et fatigue par sa mobilité, il vous enchante et vous dégoûte ; [...] il serait insensé s'il n'était pas sage, et méchant si sa vie n'était remplie de traits de bienfaisance. » Dans la même optique on peut également relever ces vers de Musset extraits de son poème « Rolla » paru en 1833 :

> Dors-tu content, Voltaire, et ton hideux sourire
> Voltige-t-il encor sur tes os décharnés ?
> Ton siècle était, dit-on, trop jeune pour te lire ;
> Le nôtre doit te plaire, et tes hommes sont nés.
> Il est tombé sur nous cet édifice immense
> Que de tes larges mains tu sapais nuit et jour

On retrouve le même type de reproches dans ces mots extraits de la *Vie de Henry Brulard* de Stendhal : « Je détourne les yeux du fond méchant de *Zadig*... et autres ouvrages de Voltaire. »

Les romantiques n'ont donc guère fait l'éloge du scepticisme de Voltaire, ils lui ont reproché sa défiance vis-à-vis du genre humain, ses peintures sans concessions des hommes et la primauté qu'il accorde à la raison au détriment du sentiment et de la sensation. Il faut attendre le XXe siècle pour assister à une reconnaissance sans réserves.

LA RECONNAISSANCE TOTALE AU XXe SIÈCLE

Paul Valéry, en 1954, dans son Discours du deux cent cinquantième anniversaire de la Sorbonne, affirme, reprenant toutes les critiques dont Voltaire a été l'objet : « Mais combien de gens profonds, combien d'hommes sensibles n'ont pas fait pour les hommes en général ce que fit alors ce sceptique, ce versatile Voltaire ? » Le XXe siècle s'accorde en effet à célébrer l'esprit de Voltaire et l'écriture aussi efficace que séduisante de ses contes.

René Pomeau, dans *Voltaire par lui-même* (1955), célèbre l'intelligence de Voltaire et reconnaît l'importance de son combat : « L'esprit voltairien a pénétré peu ou prou tous les esprits [...]. Voltaire a rendu intolérable des superstitions, des abus ecclésiastiques [...]. Voltaire a vulgarisé un esprit critique qui ne s'en laisse pas conter. »

Jacques Van den Heuvel, dans *Voltaire dans ses contes* (1967), rend également hommage à la réflexion de Voltaire, qui, dans *Zadig*, renouvelle la forme du conte oriental et donne une portée universelle à son œuvre : « C'est en heurtant violemment l'un contre l'autre ces deux aspects de la fable orientale, mystérieuse opacité du destin, lumineuse sagacité de l'homme, que Voltaire fait surgir la vérité profonde des *Mille et Un*, dont *Zadig* est l'expression achevée. »

Dans sa présentation du conte[1], Jacques Van den Heuvel combat plus directement les attaques du romantisme à l'égard de Voltaire : « Dans cet univers où [...] chacun ne pense qu'à soi [...] Zadig se définit essentiellement par sa référence à autrui. C'est au nom de l'humanité qu'il vole au secours de la femme battue. C'est aussi au nom de l'humanité qu'il sauve du bûcher la jeune veuve Almona. » Zadig est bien le représentant des philosophes des lumières, mais son souci d'éclairer, de venir en aide ne peut en aucun cas s'apparenter à une entreprise de totale destruction dont il ne sortirait rien de positif, à un « hideux sourire » pour reprendre l'expression de Musset.

Frédéric Deloffre, dans l'introduction générale de la même édition, situe également l'importance du conte voltairien dans le combat des philosophes des Lumières contre toutes les formes d'abus : « En outre, suivant une formule apprise [...] des Persans de Montesquieu, le voyage est le moyen de faire voir avec des yeux neufs un monde où règne ce que Voltaire appelle les préjugés. »

Le XXe siècle aura donc contribué à replacer l'œuvre de Voltaire dans une perspective positive, bienveillante envers l'humanité qu'elle sert, à restaurer la noblesse et l'importance du combat d'un auteur qu'on retient comme le plus représentatif des Lumières. Ainsi, selon les siècles et les points de vue, *Zadig* a toujours suscité de fortes réactions, qui révèlent aussi bien les qualités d'écriture de l'auteur que l'importance des problématiques abordées.

---

1. Gallimard, collection « Bibliothèque de la Pléiade », 1979.

GROUPEMENT DE TEXTES : LA CRITIQUE POLITIQUE ET SOCIALE AU XVIIIe SIÈCLE

Lisez les textes 1 à 6 et répondez aux questions suivantes.

1. Comment les deux premiers textes mettent-ils en valeur la critique de la société ? Quel registre dominant utilisent-ils ? Relevez les procédés stylistiques qui s'y rapportent directement.

2. À quel genre les textes 5 et 6 appartiennent-ils ? Quel est leur but ? Comment la dénonciation fonctionne-t-elle dans ces deux textes ?

3. Quels sont les registres dominants dans les textes 3 et 4 ? Que dénoncent-ils tous deux ? De *Zadig* à ces deux textes, quelle évolution peut-on constater dans la pensée de Voltaire à propos des questions relatives au destin et à l'optimisme leibnizien ?

TEXTE 1 • Montesquieu, *Lettres persanes* (1721), Lettre 99

RICA À RHÉDI.

À Venise.

Je trouve les caprices de la mode, chez les Français, étonnants. Ils ont oublié comment ils étaient habillés cet été ; ils ignorent encore plus comment ils le seront cet hiver : mais, surtout, on ne saurait croire combien il en coûte à un mari, pour mettre sa femme à la mode.

Que me servirait de te faire une description exacte de leur habillement et de leurs parures ? Une mode nouvelle viendrait détruire tout mon ouvrage, comme celui des ouvriers ; et, avant que tu eusses reçu ma lettre, tout serait changé.

Une femme qui quitte Paris, pour aller passer six mois à la campagne, en revient aussi antique que si elle s'y était oubliée trente ans. Le fils méconnaît le portrait de la mère ; tant l'habit, avec lequel elle est peinte, lui paraît étranger ; il s'imagine que c'est quelque Américaine qui y est représentée, ou que le peintre a voulu exprimer quelqu'une de ses fantaisies.

Quelquefois les coiffures montent insensiblement, et une révolution les fait descendre tout à coup. Il a été un temps que leur hauteur mettait le visage d'une femme au milieu d'elle-même : dans un autre, c'étaient les pieds qui occupaient cette place ; les talons faisaient un piédestal qui les tenait en l'air. Qui pourrait le croire ? les architectes ont été souvent obligés de hausser, de baisser, et d'élargir les portes, selon que les parures des femmes exigeaient d'eux ce changement ; et les règles de leur art ont été asservies à ces caprices. On voit quelquefois, sur un visage, une quantité prodigieuse de mouches ; et elles disparaissent toutes le lendemain. Autrefois les femmes avaient de la taille et des dents ; aujourd'hui il n'en est pas question. Dans cette changeante nation, quoi qu'en disent les mauvais plaisants, les filles se trouvent autrement faites que leurs mères.

Il en est, des manières et de la façon de vivre, comme des modes : les Français changent de mœurs, selon l'âge de leur roi. Le monarque pourrait même parvenir à rendre la nation grave, s'il l'avait entrepris. Le prince imprime le caractère de son esprit à la cour, la cour à la ville, la ville aux provinces. L'âme du souverain est un moule qui donne la forme à toutes les autres.

De Paris, le 8 de la lune de Saphar 1717.

TEXTE 2 • Montesquieu, *Lettres persanes* (1721), Lettre 125

RICA À ***.

[...] Je me souviens, à ce propos, d'une histoire que j'ai ouï raconter à un homme qui avait été dans le pays du Mogol ; elle fait voir que les prêtres indiens ne sont pas moins stériles que les autres, dans les idées qu'ils ont des plaisirs du paradis.

Une femme, qui venait de perdre son mari, vint en cérémonie chez le gouverneur de la ville lui demander la permission de se brûler ; mais comme, dans les pays soumis aux Mahométans, on abolit, tant qu'on peut, cette cruelle coutume, il la refusa absolument.

Lorsqu'elle vit ses prières impuissantes, elle se jeta dans un furieux emportement. « Voyez, disait-elle, comme on est gêné ! Il ne sera pas seulement permis à une pauvre femme de se brûler, quand elle en a envie ! A-t-on jamais rien vu de pareil ? Ma mère, ma tante, mes sœurs se sont bien brûlées. Et, quand je vais demander permission à ce maudit gouverneur, il se fâche, et se met à crier comme un enragé. »

Il se trouva là par hasard un jeune bonze. « Homme infidèle, lui dit le gouverneur, est-ce toi qui as mis cette fureur dans l'esprit de cette femme ? – Non, dit-il, je ne lui ai jamais parlé : mais, si elle m'en croit, elle consommera son sacrifice ; elle fera une action agréable au dieu Brama : aussi en sera-t-elle bien récompensée ; car elle retrouvera, dans l'autre monde, son mari, et elle recommencera avec lui un second mariage. – Que dites-vous ? dit la femme surprise. Je retrouverai mon mari ? Ah ! je ne brûle pas. Il était jaloux, chagrin, et d'ailleurs si vieux que, si le dieu Brama n'a point fait sur lui quelque réforme, sûrement il n'a pas besoin de moi. Me brûler pour lui !... pas seulement le bout du doigt pour le retirer du fond des enfers. Deux vieux bonzes, qui me séduisaient, et qui savaient de quelle manière je vivais avec lui, n'avaient garde de me tout dire : mais, si le dieu Brama n'a que ce présent à me faire, je renonce à cette béatitude. Monsieur le gouverneur, je me fais mahométane. Et pour vous, dit-elle en regardant le bonze, vous pouvez, si vous voulez, aller dire à mon mari que je me porte fort bien. »

De Paris, le 2 de la lune de Chalval 1718.

TEXTE 3 • Voltaire, « Poème sur le désastre de Lisbonne » (1756)

Ô malheureux mortels ! ô terre déplorable !
Ô de tous les mortels assemblage effroyable !
D'inutiles douleurs éternels entretiens !
Philosophes trompés qui criez : « Tout est bien » ;
Accourez, contemplez ces ruines affreuses,
Ces débris, ces lambeaux, ces cendres malheureuses,
Ces femmes, ces enfants, l'un sur l'autre entassés,
Sous ces marbres rompus ces membres dispersés ;
Cent mille infortunés que la terre dévore,
Qui sanglants, déchirés et palpitants encore,
Enterrés sous leur toit, terminent sans secours
Dans l'horreur des tourments leurs lamentables jours !
Aux cris demi-formés de leurs voix expirantes,
Au spectacle effrayant de leurs cendres fumantes,
Direz-vous : « C'est l'effet des éternelles lois

Qui d'un Dieu libre et bon nécessitent le choix » ?
Direz-vous en voyant cet amas de victimes :
« Dieu s'est vengé ; leur mort est le prix de leurs crimes ? »
Quel crime, quelle faute ont commis ces enfants
Sur le sein maternel écrasés et sanglants ?

TEXTE 4 • Voltaire, *Candide* (1759), chapitre 6

Comment on fit un bel autodafé pour empêcher les tremblements de terre, et comment Candide fut fessé.

Après le tremblement de terre qui avait détruit les trois quarts de Lisbonne, les sages du pays n'avaient pas trouvé un moyen plus efficace pour prévenir une ruine totale, que de donner au peuple un bel autodafé ; il était décidé par l'université de Coïmbre que le spectacle de quelques personnes brûlées à petit feu en grande cérémonie est un secret infaillible pour empêcher la terre de trembler.

On avait en conséquence saisi un Biscayen convaincu d'avoir épousé sa commère, et deux Portugais qui en mangeant un poulet en avaient arraché le lard ; on vint lier après le dîner le docteur Pangloss et son disciple Candide, l'un pour avoir parlé, et l'autre pour avoir écouté avec un air d'approbation : tous deux furent menés séparément dans des appartements d'une extrême fraîcheur, dans lesquels on n'était jamais incommodé du soleil : huit jours après ils furent tous deux revêtus d'un *san-benito*, et on orna leurs têtes de mitres de papier : la mitre et le *san-benito* de Candide étaient peints de flammes renversées et de diables qui n'avaient ni queues, ni griffes : mais les diables de Pangloss portaient griffes et queues, et les flammes étaient droites. Ils marchèrent en procession ainsi vêtus, et entendirent un sermon très pathétique, suivi d'une belle musique en faux-bourdon. Candide fut fessé en cadence pendant qu'on chantait ; le Biscayen et les deux hommes qui n'avaient point voulu manger de lard furent brûlés, et Pangloss fut pendu, quoique ce ne soit pas la coutume. Le même jour la terre trembla de nouveau avec un fracas épouvantable.

TEXTE 5 • Voltaire, *Dictionnaire philosophique* (1764), article « Égalité »

Tout homme naît avec un penchant assez violent pour la domination, la richesse et les plaisirs, et avec beaucoup de goût pour la paresse ; par conséquent tout homme voudrait avoir l'argent et les femmes ou les filles des autres, être leur maître, les assujettir à tous ses caprices, et ne rien faire, ou du moins ne faire que des choses très agréables. Vous voyez bien qu'avec ces belles dispositions il est aussi impossible que les hommes soient égaux qu'il est impossible que deux prédicateurs ou deux professeurs de théologie ne soient pas jaloux l'un de l'autre.

Le genre humain, tel qu'il est, ne peut subsister, à moins qu'il n'y ait une infinité d'hommes utiles qui ne possèdent rien du tout ; car, certainement, un homme à son aise ne quittera pas sa terre pour venir labourer la vôtre ; et, si vous avez besoin d'une paire de souliers, ce ne sera pas un maître de requêtes qui vous la fera. L'égalité est donc à la fois la chose la plus naturelle et en même temps la plus chimérique.

Comme les hommes sont excessifs en tout quand ils le peuvent, on a outré cette inégalité ; on a prétendu dans plusieurs pays qu'il n'était pas permis à un citoyen de sortir de la contrée où le hasard l'a fait naître ; le sens de cette loi est visiblement : *Ce pays est si mauvais et si mal gouverné que nous défendons à chaque individu d'en sortir, de peur que tout le monde n'en sorte*. Faites mieux : donnez à tous vos sujets envie de demeurer chez vous, et aux étrangers d'y venir.

Chaque homme, dans le fond de son cœur, a droit de se croire entièrement égal aux autres hommes ; il ne s'ensuit pas de là que le cuisinier d'un cardinal doive ordonner à son maître de lui faire à dîner ; mais le cuisinier peut dire : « Je suis homme comme mon maître, je suis né comme lui en pleurant ; il mourra comme moi dans les mêmes angoisses et les mêmes cérémonies. Nous faisons tous deux les mêmes fonctions animales. Si les Turcs s'emparent de Rome, et si alors je suis cardinal et mon maître cuisinier, je le prendrai à mon service. » Tout ce discours est raisonnable et juste ; mais, en attendant que le Grand Turc s'empare de Rome, le cuisinier doit faire son devoir, ou toute société humaine est pervertie.

À l'égard d'un homme qui n'est ni cuisinier d'un cardinal ni revêtu d'aucune autre charge dans l'État ; à l'égard d'un particulier qui ne tient à rien, mais qui est fâché d'être reçu partout avec l'air de la protection ou du mépris, qui voit évidemment que plusieurs *monsignors* n'ont ni plus de science, ni plus d'esprit, ni plus de vertu que lui, et qui s'ennuie d'être quelquefois dans leur antichambre, quel parti doit-il prendre ? Celui de s'en aller.

TEXTE 6 • Voltaire, *Dictionnaire philosophique* (1764), article « Abbé »

Où allez-vous, monsieur l'abbé ? etc. Savez-vous bien qu'abbé signifie père ? Si vous le devenez, vous rendez service à l'État ; vous faites la meilleure œuvre sans doute que puisse faire un homme ; il naîtra de vous un être pensant. Il y a dans cette action quelque chose de divin.

Mais si vous n'êtes monsieur l'abbé que pour avoir été tonsuré, pour porter un petit collet et un manteau court, et pour attendre un bénéfice simple, vous ne méritez pas le nom d'abbé.

Les anciens moines donnèrent ce nom au supérieur qu'ils élisaient. L'abbé était leur père spirituel. Que les mêmes noms signifient avec le temps des choses différentes ! L'abbé spirituel était un pauvre à la tête de plusieurs autres pauvres : mais les pauvres pères spirituels ont eu depuis deux cents, quatre cent mille livres de rente ; et il y a aujourd'hui des pauvres pères spirituels en Allemagne qui ont un régiment des gardes.

Un pauvre qui a fait serment d'être pauvre, et qui en conséquence est souverain ! on l'a déjà dit ; il faut le redire mille fois, cela est intolérable. Les lois réclament contre cet abus, la religion s'en indigne, et les véritables pauvres sans vêtement et sans nourriture poussent des cris au ciel à la porte de monsieur l'abbé.

Mais j'entends messieurs les abbés d'Italie, d'Allemagne, de Flandre, de Bourgogne, qui disent : « Pourquoi n'accumulerons-nous pas des biens et des honneurs ? pourquoi ne serons-nous pas princes ? les évêques le sont bien. Ils étaient originairement pauvres comme nous, ils se sont enrichis, ils se sont élevés ; l'un d'eux est devenu supérieur aux rois ; laissez-nous les imiter autant que nous pourrons. »

Vous avez raison, messieurs, envahissez la terre ; elle appartient au fort ou à l'habile qui s'en empare ; vous avez profité des temps d'ignorance, de superstition, de démence, pour nous dépouiller de nos héritages et pour nous fouler à vos pieds, pour vous engraisser de la substance des malheureux : tremblez que le jour de la raison n'arrive.

L'ŒUVRE DANS UN GENRE

ZADIG, UN CONTE

ÉVOLUTION DU GENRE DU CONTE

Genre narratif très ancien, issu de la tradition orale des récits du Moyen Âge, voire des épopées antiques, le conte s'est profondément transformé au cours des siècles, notamment avec l'invention des contes de fées au XVIIe siècle. L'exotisme renouvelle également le genre au début du XVIIIe siècle avec la traduction des *Mille et Une Nuits* par Galland.

Puis, au cours du XVIIIe siècle, le conte devient philosophique et il s'affirme comme un moyen au service des combats menés par les partisans des Lumières. *Zadig* nous offre un exemple des différentes manières d'écrire et de concevoir le genre au fil de ses variations, tant au niveau thématique que dans le traitement des personnages ou dans la structure elle-même.

LES FORMES TRADITIONNELLES DU CONTE

Le conte populaire et sa réception au XVIIIe siècle

• Éléments de définition

À l'origine, le conte populaire est « un récit oral, à structure archétypale particulièrement contraignante, d'éléments fictifs et donnés pour tels, et qui remplit une fonction précise dans une communauté donnée[1] ».

Le conte, à l'origine, se transmet oralement, il suppose la présence d'un narrateur et d'un auditoire réel. Il est délibérément fictif et irréaliste, on ne peut le situer dans un temps précis. La narration doit contenir des rebondissements, des péripéties qui nous conduisent de façon inattendue de la situation initiale à la situation finale. Son intrigue est délibérément convenue, et son caractère fictif est revendiqué, au point que le conte

1. M. Simonsen, *Dictionnaire des littératures de langue française*, article « conte ».

accueille souvent des éléments relevant du merveilleux. Son rôle est de souder une communauté autour de valeurs et de repères culturels communs.

Enfin, les personnages du conte sont traités de manière convenue, sur le mode du stéréotype, et selon une logique manichéenne qui oppose des innocents à des fourbes, des bons à des méchants, etc. Les aventures du héros se déploient selon une logique immuable au point que la citation ci-dessus parle d'une « structure archétypale particulièrement contraignante », dont les recherches du folkloriste russe Vladimir Propp (1895-1970) ont donné, à propos de contes populaires russes, une illustration particulièrement célèbre. À en croire Propp, en effet, nombre de contes nous exposent une histoire dont le canevas est identique. Le héros est forcé de quitter son univers familier pour partir en quête d'un objet (ou d'une vertu, qui peut être la sagesse, la sérénité, etc.) Au cours de son parcours, ou de sa quête, il affronte une série d'épreuves que lui infligent des entités diverses (hommes, femmes, animaux magiques, etc.) que Propp nomme ses *opposants*. Mais, pour l'aider, il peut compter sur la présence d'*adjuvants*, autrement dit d'autres entités diverses (êtres humains, génies, animaux, etc.), qui l'aideront à surmonter ses épreuves. À la fin du conte, une nouvelle situation s'établit, qui marque la naissance d'un nouvel ordre dans lequel le héros a trouvé la place qui lui convenait.

Ces caractérisations générales, on le voit, s'appliquent à *Zadig*. Chassé de son univers familier, le héros parcourt une série de pays inconnus de lui au départ, et il affronte des épreuves au terme desquelles il se fait une nouvelle place dans le monde. Au fil du récit, il rencontre[1] – une galerie de personnages stéréotypés (femmes capricieuses, juges cupides, courtisans fourbes, brigands cruels, bon génie, etc.), que l'auteur convoque en vue de multiplier les obstacles sur le chemin de son héros. Voltaire nous livre donc bien un conte, à une époque où ce genre populaire traditionnel fait l'objet d'un discrédit relatif, dont il faut rendre compte avant d'examiner plus en détail les raisons pour lesquelles *Zadig* relève du genre du conte.

1. Nous y revenons plus loin, p. 156.

- Un genre partiellement discrédité au XVIIIe siècle

A priori, le siècle des Lumières, héritier en cela de la sensibilité classique, n'accorde que peu de crédit au conte. Il suffit pour s'en persuader de se reporter au court article « Conte » de *l'Encyclopédie* :

> CONTE, s[ubstantif] m[asculin] *(Belles-Lettres)* c'est un récit fabuleux en prose ou en vers, dont le mérite principal consiste dans la variété et la vérité des peintures, la finesse de la plaisanterie, la vivacité et la convenance du style, le contraste piquant des événements. Il y a cette différence entre le *conte* et la *fable*, que la *fable* ne contient qu'un seul et unique fait, renfermé dans un certain espace déterminé, et achevé dans un seul temps, dont la fin est d'amener quelque axiome de morale, et d'en rendre la vérité sensible ; au lieu qu'il n'y a dans le *conte* ni unité de temps, ni unité d'action, ni unité de lieu, et que son but est moins d'instruire que d'amuser. La fable est souvent un monologue ou une scène de comédie ; le conte est une suite de comédies enchaînées les unes aux autres. La Fontaine excelle dans les deux genres, quoiqu'il ait quelques fables de trop, et quelques contes trop longs.

Cet article, on le voit, dresse une liste de reproches à un genre dont le mérite principal réside dans son aptitude à surprendre, mais qui (à la différence de la fable) procède de façon lâche, sans méthode ni contrainte (« il n'y a dans le conte ni unité de temps, ni unité d'action, ni unité de lieu »), et enchaîne des épisodes les uns aux autres sans se soucier d'édification morale, puisque « son but est moins d'instruire que d'amuser ».

Au XVIIIe siècle, choisir la forme du conte, c'est donc choisir une forme partiellement discréditée. Dès lors, la portée des critiques, des dénonciations et autres propositions qu'énonce *Zadig* doit être clairement établie. Le propos de l'écrivain a moins de vigueur que s'il s'énonçait dans un traité philosophique, par exemple. Mais le choix du conte est aussi une tactique qui permet aux auteurs de jouer avec la censure : si les critiques politiques ou religieuses sont trop compromettantes pour leur auteur, celui-ci peut soutenir qu'il ne souhaitait pas faire œuvre sérieuse.

C'est donc paradoxalement parce qu'il est un genre mal considéré que le conte peut devenir le véhicule de la critique. Il va donc connaître un fort développement au XVIIIe siècle pour deux raisons : d'une part parce qu'il est détourné par les philosophes des Lumières au service de la diffusion de leurs idées, problématiques et critiques, d'autre part du fait de l'affirmation de la mode de l'orientalisme.

Le conte oriental

Depuis la traduction française des *Mille et Une Nuits*, de 1704 à 1717, l'exotisme oriental connaît une vague de succès, dont attestent par exemple les *Lettres persanes* de Montesquieu, en 1721, notamment la Lettre 30, qui montre l'ampleur de la curiosité des Parisiens devant le Persan Rica. Les caractéristiques du conte oriental ne diffèrent guère du genre initial du conte populaire : on y retrouve des personnages types, le même schéma narratif, ainsi que les éléments relevant du merveilleux. Les différences résident seulement dans l'apparition de thématiques nouvelles pour les Européens, dont on a parlé plus haut[1] et dont la nouveauté explique le succès.

Zadig reprend donc les thématiques d'inspiration populaire (l'amour contrarié, par exemple) ou d'inspiration orientale. À ce titre, il relève bien du genre du conte. Et cette appartenance de *Zadig* au genre du conte se fonde aussi sur d'autres caractéristiques du récit, notamment le traitement des personnages et la structure de l'ensemble.

ZADIG : UN CONTE ET UNE PARODIE DE CONTE

L'hommage au conte : des personnages réduits à des stéréotypes

Les personnages du conte sont délibérément stéréotypés, et le système des personnages obéit à une logique manichéenne. D'un côté les bons, tels Zadig, Astarté, Cador, Sétoc, l'ermite, l'ange Jesrad. Ils ne sont que peu décrits et sont essentiellement définis par leur rôle d'adjuvants du héros. Ils tirent leur légitimité dans la narration du soutien et de l'aide qu'ils lui apportent.

À l'opposé, d'autres personnages représentent les opposants au héros : Orcan, Sémire, Azora, Arimaze, Itobad, les juges et les prêtres. Ils précipitent Zadig dans des revers de fortune, ils constituent des obstacles à

1. Voir « L'œuvre dans l'histoire », p. 125.

sa quête du bonheur. Mais ils ne font l'objet d'aucune caractérisation physique ou psychologique détaillée.

Le héros de conte est également stéréotypé, notamment parce qu'il est seulement doté de qualités innombrables, comme s'il ne pouvait avoir aucun défaut. Dès le chapitre 1, Zadig est présenté « avec de grandes richesses, et par conséquent des amis, ayant de la santé, une figure aimable, un esprit juste et modéré, un cœur sincère et noble ».

Si ces différentes caractéristiques permettent de parler de *Zadig* comme d'un conte, il faut également noter que l'œuvre s'éloigne cependant de ce genre, qu'elle n'hésite pas à traiter sur le mode de la dérision et de la parodie.

La parodie du conte : des personnages traités sur un mode caricatural et burlesque

La parodie du conte se lit dès le chapitre 1, dans la description même du héros. En effet, lorsque Voltaire note que Zadig possède « de grandes richesses et par conséquent des amis », il établit un lien de conséquence logique sur lequel le lecteur ne peut que s'interroger. La volonté satirique de l'auteur est en effet tout à fait perceptible par l'emploi du lien logique « et par conséquent ».

Au chapitre 1 toujours, l'amour de la belle Sémire, véritable cliché des intrigues romanesques (« Ô Zadig ! je vous aimais comme mon époux ; je vous aime comme celui à qui je dois l'honneur et la vie », p. 13), s'évanouit dès qu'elle le croit gravement atteint : « Sémire était à la campagne depuis trois jours. Il apprit en chemin que cette belle dame, ayant déclaré hautement qu'elle avait une aversion insurmontable pour les borgnes, venait de se marier à Orcan, la nuit même » (p. 14). Et la prétendue passion d'Azora évolue de la même façon : « Elle pleura, s'arracha les cheveux, et jura de mourir », mais bien vite elle se console auprès de Cador : « Le lendemain, ils pleurèrent moins, et dînèrent ensemble [...]. Azora fit l'éloge du défunt ; mais elle avoua qu'il avait des défauts dont Cador était exempt » (chapitre 2, p. 16).

Si l'inconstance féminine se trouve ainsi raillée, il en va de même pour les faiblesses masculines, en particulier celle des mages, dont la vertu ne résiste pas devant le charme de la belleAlmona : « Alors elle fit avertir les juges de venir chez elle [...] : elle leur montra les quatre noms et leur dit à quel prix les prêtres avaient vendu la grâce de Zadig » (chapitre 13, p. 67).

Le comique de situation se révèle dans la danse des postulants trésoriers qui viennent de se remplir les poches de l'or volé dans l'antichambre du roi Nabussan : « Jamais on ne dansa plus pesamment et avec moins de grâce » (« La Danse », p. 107). La représentation de certains détails physiques révélateurs relève du même comique visuel : « Le roi avait perdu son premier ministre. Il choisit Zadig pour remplir cette place. [...] l'Envieux en eut un crachement de sang, et le nez lui enfla prodigieusement » (chapitre 6, p. 35). Le traitement des personnages relève bien du conte par leur aspect stéréotypé et leur assujettissement à une fonction dans la narration. Toutefois, par l'ironie et le but de l'œuvre, Voltaire s'éloigne du genre traditionnel.

Tout comme l'inspiration populaire ou orientale et le traitement des personnages sont révélateurs de l'appartenance au conte, la structure s'apparente également à ce genre littéraire.

L'hommage au conte : une structure reconnaissable

La structure de *Zadig* est bien celle d'un conte traditionnel, ou d'un conte oriental, puisque le héros part d'une situation initiale, sa vie à Babylone, pour rencontrer des péripéties. Il s'enfuit pour échapper à sa condamnation à mort, il est confronté à l'errance et à l'esclavage en Égypte, en Arabie, puis à Balzora, avant de retourner à Babylone où, grâce à l'intervention de l'ange Jesrad, élément de merveilleux, il va enfin connaître le bonheur et la reconnaissance de sa sagesse après d'ultimes épreuves.

Le fil directeur de cette narration est donc l'évolution du personnage, sa quête du bonheur et de l'amour, auprès de la reine Astarté. Celle-ci est à l'origine de ses mésaventures, il va devoir la quitter pour ensuite la retrouver et l'épouser. « Zadig fut roi, et fut heureux [...] ; ce fut le plus beau siècle de la terre : elle était gouvernée par la justice et par l'amour. On bénissait Zadig, et Zadig bénissait le ciel » (chapitre 19, p. 104).

La parodie du conte : le jeu avec les éléments merveilleux

L'organisation de *Zadig* obéit donc à des règles de construction qui sont celles du conte dans l'enchaînement et la succession des épisodes. Mais, là encore, les lois du genre sont infléchies et détournées par le narrateur. Cette intervention est perceptible dans plusieurs passages, et notamment à l'approche du dénouement. L'intervention de l'ange Jesrad, censé révéler à Zadig le sens de sa destinée, laisse le héros perplexe : « Les hommes, dit l'ange Jesrad, jugent de tout sans rien connaître : tu étais celui de tous les hommes qui méritait le plus d'être éclairé. » À trois reprises, Zadig manifeste son incompréhension, mais l'ange ne répond pas directement : « Comme il disait *mais*, l'ange prenait déjà son vol vers la dixième sphère. » (chapitre 18, p. 98-99). Tout se passe donc comme si le narrateur, en même temps qu'il a recours à des éléments de merveilleux, s'amusait à les mettre en doute.

Il en va de même lors de l'intervention du perroquet au chapitre 6, qui révèle brièvement à Zadig la suite de ses péripéties : « " [...] un bonheur si étrange sera peut-être bientôt évanoui." Le perroquet répondit : "Oui." » (chapitre 6, p. 35). À chaque intervention du merveilleux, celui-ci est traité de manière lapidaire et humoristique. Le merveilleux intervient dans le conte comme un leitmotiv, mais il n'est jamais totalement assumé par Voltaire. Le merveilleux, qui est donc aussi source de comique, est porteur d'un sens polémique. Il est l'une des caractéristiques d'un univers oriental dans lequel les normes de la raison ne sont pas valables (puisque des perroquets peuvent prédire l'avenir, des anges venir expliquer les mystères du monde, etc.). Mais ces éléments orientaux sont évoqués de façon critique : plus il se réfère au merveilleux, plus il se rapproche de l'Orient, plus le conte s'éloigne de la raison. Et l'inverse est également vrai : dans les moments où Zadig réfléchit, raisonne, le merveilleux et l'orientalisme s'estompent, disparaissent même. Le merveilleux est donc présent dans le conte, mais il est aussi dénoncé, voire combattu par Zadig, comme au chapitre 16, « Le Basilic », où Zadig remet en cause les prétendus pouvoirs de guérison de cet animal fabuleux. Toutes les fois que le merveilleux et l'irrationnel interviennent, le héros, en bon philosophe des Lumières, préfère se fier à sa raison.

Dès lors, il est possible de dire que la disposition des éléments merveilleux fait dans *Zadig* l'objet d'un soin particulier. En effet, le merveilleux n'est pas convoqué dans un but de dépaysement du lecteur. Il intervient à des moments clés du récit afin, par contraste, de mettre en valeur l'attitude rationnelle du héros. Voltaire refuse donc là encore la logique du conte : il ne se met pas au service du merveilleux, il utilise ce dernier afin de mettre en valeur, par opposition, l'aptitude du héros à raisonner et à se tirer des difficultés en comptant sur ses propres qualités.

ZADIG, UN CONTE PHILOSOPHIQUE

UN GENRE HYBRIDE : SÉDUIRE ET ARGUMENTER

Le conte philosophique est un genre hybride qui naît au XVIIIe siècle en raison du succès des contes, notamment du conte oriental. Il se développe en raison de l'intérêt du siècle des Lumières pour la fiction sous les formes les plus diverses, à une époque où les philosophes doivent exprimer leurs idées, critiques et remises en question par le biais attractif d'une narration. Suivant les préceptes des auteurs latins, tels Horace ou Cicéron, il s'agit de convaincre et de plaire : *docere et placere*. L'argumentation philosophique est d'autant plus efficace qu'elle passe par un style séduisant et élaboré.

Séduire par la fiction

Zadig marque la naissance du conte philosophique en 1747. Voltaire est bien à l'origine du genre qu'il développera par la suite avec, entre autres, *Candide*. Le conte philosophique est d'abord et avant tout une fiction, un conte : en tant que tel, il a la légèreté superficielle des autres fictions, comme le roman ou le conte populaire, méprisées au XVIIIe siècle, on l'a vu. Le conte philosophique exploite sans vergogne les éléments de romanesque dans le but de séduire le lecteur afin de mieux le convaincre, procédé employé notamment par La Fontaine dans ses *Fables*.

Ainsi, le fil directeur de *Zadig*, l'amour interdit du héros pour Astarté, la femme de Moabdar, est délibérément emprunté à la tradition courtoise et à la tradition romanesque. Tous les éléments du récit découlent de cet amour. C'est en raison de cet amour pour la femme de son souverain, dont il avait toute l'estime, que Zadig doit prendre la fuite, au chapitre 8, et qu'il s'engage dans de terribles mésaventures. Celles-ci, dans un premier temps, dégradent sa condition, mais elles lui permettent également de faire la preuve de sa bravoure dans une série d'épisodes dans lesquels Voltaire se laisse aller au plaisir de la fiction : Zadig s'interpose entre Missouf et son mari qui la bat au chapitre 9, il vient en aide à Sétoc en proie à un escroc au chapitre 10, il sauve Almona du bûcher au chapitre 11, ainsi que le marchand de Babylone sur le point de se donner la mort. On peut établir un rapprochement entre cette intrigue et celle de romans de chevalerie tels que *Tristan et Iseut*. Tristan, le preux chevalier, contraint à l'errance en raison de son amour impossible pour sa dame, fait à plusieurs reprises la preuve de sa valeur. La scène du tournoi du chapitre 17 est un hommage parodique au roman de chevalerie médiéval : la victoire de Zadig lors du tournoi, puis son triomphe lors de l'épreuve des énigmes lui permettent d'accéder au trône et d'épouser la reine Astarté. Les retrouvailles entre Zadig et Astarté, véritable scène de reconnaissance, au chapitre 16, relèvent également de l'esprit du romanesque.

Convaincre par le raisonnement

Mais le conte est également porteur d'un contenu philosophique. Dès lors, par les idées qu'il diffuse et les problématiques qu'il aborde, il dépasse le mépris convenu et acquiert une véritable place dans les œuvres représentatives du siècle des Lumières. Il s'inscrit dans la volonté de dénonciation des abus de la société, au même titre que les dialogues de Diderot, le *Dictionnaire philosophique* de Voltaire et l'*Encyclopédie*.

Le conte philosophique utilise tous les ressorts caractéristiques du conte pour dénoncer et critiquer des abus et remettre en cause des principes. Le masque de la fiction sert à emporter l'adhésion d'un large public, à détourner la censure, à exposer gaiement la satire des mœurs et des superstitions. Il sert aussi à promouvoir la figure d'un héros qui, pour triompher des difficultés, compte avant tout sur l'aide de sa raison. Zadig forge son expérience au cours d'une évolution rythmée par des rencontres successives : celle de Sétoc, au chapitre 10, à qui il est vendu comme esclave mais qui saura lui exprimer sa reconnaissance, celle d'Almona qu'il sauve du bûcher et qui le sauvera à son tour des juges au chapitre 12, celle du brigand Arbogad qui lui expose sa conception du monde au chapitre 14, et qui, en lui annonçant la mort de Moabdar, le remet sur le chemin d'Astarté, enfin et surtout celle de l'ermite au chapitre 18, qui se révèle être l'ange Jesrad, envoyé pour lui expliquer le sens de sa destinée. Ces personnages sont des adjuvants, des personnages types du conte : ils offrent à l'auteur l'occasion de produire des scènes dans lesquelles l'imagination narrative se donne libre cours. Mais ils contribuent également à la satire des mœurs et de la religion ainsi qu'à la réflexion du personnage principal. Ces rencontres, dès lors fondamentales, s'inscrivent aussi bien dans la perspective du conte que dans celle de la philosophie : elles permettent à Voltaire de scander les étapes de la formation de son héros et d'exposer les étapes de la découverte progressive de la vérité, dans un cheminement auquel le lecteur est également convié.

Par son attitude, par les valeurs auxquelles Zadig adhère et par les dénonciations qu'il profère à propos des coutumes (comme celle du bûcher des veuves au chapitre 11), ou des préjugés et croyances (comme celle du temple de Mithra, ou celles relatives au système judiciaire aux chapitres 3 et 13), il se fait le porte-parole de son auteur et il devient le type même du philosophe engagé dans les combats du siècle pour le progrès et contre toutes les formes de l'obscurantisme.

Le titre de l'œuvre, *Zadig ou la Destinée*, révèle d'emblée un enjeu philosophique. Le conte philosophique pose le problème du destin obscur des hommes, dont la logique échappe à l'esprit humain. À plusieurs reprises, le héros s'interroge sur le sens de son destin, sur l'injustice de son sort, comme aux chapitres 3, 4, 8, 12, 15, 17 : « Ô vertu ! À quoi m'avez-vous servi ? » Zadig doute du libre arbitre des hommes qui se heurtent à des forces supérieures. Peut-il être question de liberté individuelle lorsque le monde obéit à un ordre préétabli et difficilement compréhensible ? L'ange Jesrad tente de nous en persuader au chapitre 18, tandis que l'épilogue semble également affirmer l'existence d'un ordre providentiel et célébrer l'optimisme qui sera définitivement rejeté plus tard par Voltaire dans *Candide*. Mais les interrogations inquiètes et les déceptions de l'auteur sont déjà présentes dans *Zadig*. Voltaire, s'il croit encore à l'optimisme leibnizien, paraît en percevoir les failles et les limites. « L'harmonie et le meilleur des mondes » laissent Zadig et son auteur fort dubitatifs.

LE CONTE PHILOSOPHIQUE ET L'APOLOGUE

L'APOLOGUE

L'apologue, récit bref à visée argumentative, est très prisé au XVIIIe siècle. L'*Encyclopédie* de Diderot et d'Alembert le définit comme une « fable morale, ou espèce de fiction, dont le but est de corriger les mœurs des hommes ». Le sens a peu évolué depuis le XVIIIe siècle, dans la mesure où le dictionnaire Robert le définit toujours comme une « petite fable visant essentiellement à illustrer une leçon de morale ».

L'apologue diffuse donc des idées grâce à la séduction qu'il opère sur le lecteur. La narration est au service de la thèse de l'auteur qu'elle illustre et met plaisamment en scène. Dès les *Fables* de La Fontaine au XVIIe siècle, les lecteurs ont l'habitude de décrypter un enseignement derrière la fiction. L'auteur convainc par le biais de la narration allégorique et séduit par le charme de la fiction. L'apologue relève de l'argumentation indirecte, de la narration au service de l'argumentation. La narration illustre l'idée mais elle a également pour but de séduire le lecteur et de protéger l'auteur de la censure. Le récit devient une arme pour convaincre.

PARENTÉ ENTRE LE CONTE PHILOSOPHIQUE ET L'APOLOGUE

On peut constater une certaine parenté entre le conte philosophique et l'apologue, notamment par le but qu'ils visent tous deux ainsi que par les moyens communs qu'ils mettent en œuvre.

Voltaire, dans *Zadig*, mais également dans *Candide*, ou encore Diderot dans le *Supplément au voyage de Bougainville* entendent promouvoir les valeurs des philosophes des Lumières ; ils dénoncent les abus, l'intolérance et prônent l'usage de la raison. La fiction, qu'elle soit orientale ou tahitienne dans le cas de Diderot, permet à l'auteur d'exposer ses idées et d'en convaincre le lecteur en jouant sur l'aspect de séduction du conte.

L'essor du conte philosophique s'explique par le succès rencontré par les différentes formes d'apologue au XVIIIe siècle et sa capacité à diffuser les valeurs des philosophes des Lumières. *Zadig*, par son titre, s'apparente au conte oriental mais développe aussi une réflexion d'ordre philosophique. Dans l'esprit des philosophes des Lumières, il offre également une vision didactique et critique de la société. La fiction se met donc au service du message : les personnages, parfois schématiques, servent davantage à illustrer des thèses qu'à développer des analyses psychologiques fouillées, le cadre spatio-temporel est seulement esquissé et fait allusion à des époques différentes, dans la mesure où il ne s'agit pas de décrire la situation spécifique d'un pays spécifique, mais de proposer une réflexion générale sur une société idéale.

Cette communauté d'intentions et de moyens entre le conte philosophique et l'apologue autorise donc à parler de similitudes entre les deux genres.

GROUPEMENT DE TEXTES : LES MOYENS DE LA DÉNONCIATION DANS LE CONTE PHILOSOPHIQUE

TEXTE 7 • *Zadig*, chapitre 3, « Le Chien et le Cheval »

Le grand veneur et le premier eunuque [...] ce qu'il avait vu.

> PAGES 21-23, LIGNES 50-111

L'attitude philosophique

1. À quel type de texte appartient le passage au discours direct ? Que nous révèle-t-il sur le personnage de Zadig ?

2. Comment Zadig s'adresse-t-il à ses juges ? Quel est le registre de ces mots ?

3. Relevez dans ce passage au discours direct toutes les marques de l'observation et du jugement (champs lexicaux, structure des phrases, liens logiques). Comment se comporte Zadig ?

4. Comment les autres personnages sont-ils décrits ? Relevez les termes qui qualifient leur attitude (les champs lexicaux, la structure des phrases, les liens logiques et les marques temporelles). À quel registre sont-ils associés ? Quel est le but de cet épisode ? Que nous révèle la dernière réflexion de Zadig ?

TEXTE 8 • *Zadig*, chapitre 7, « Les Disputes et les Audiences »

Il y avait une grande querelle […] premier vizir.

> PAGES 39-40, LIGNES 10-32

La satire religieuse dans le conte philosophique

1. Repérez les procédés comiques dans ce passage. Que soulignent-ils ?

2. Relevez les termes qualifiant l'attitude de Zadig.

3. Comparez le rythme (l'enchaînement des phrases et la présence de liens logiques) des paragraphes évoquant Zadig à celui des paragraphes qui mettent en scène les autres personnages. Que peut-on en déduire ?

4. Étudiez le style du discours entre guillemets, en le comparant notamment à celui de la phrase suivante.

5. Comment la dernière phrase est-elle construite ? Qu'est-ce que cela révèle ?

TEXTE 9 • *Zadig*, chapitre 16, « Le Basilic »

Les femmes rentrèrent chez Ogul […] un seigneur gourmand.

> PAGES 83-85, LIGNES 196-236

Le raisonnement face à la superstition

1. Étudiez les prises de parole de Zadig : comment s'adresse-t-il à son interlocuteur dans les différents discours ?

2. Comment Zadig procède-t-il pour convaincre Ogul ? Que prône-t-il face à la superstition ? Comment peut-elle être vaincue ? (Étudiez notamment les marques temporelles et le rythme des phrases dans le paragraphe séparant les deuxième et troisième discours de Zadig.)

3. Étudiez le dernier paragraphe : quel est son registre ? Quelles sont les figures de style employées dans ces deux dernières phrases, que soulignent-elles ?

TEXTE 10 • *Zadig*, chapitre 12, « Le Souper »

Séroc [...] brûlé à petit feu.

> PAGES 61-64, LIGNES 1-112

La technique du dialogue philosophique

1. Identifiez les différents convives, leurs croyances et leurs rites. Pourquoi Voltaire choisit-il de les réunir en un même lieu ?

2. Combien de temps les différents personnages parlent-ils, et pour arriver à quel résultat ?

3. Quelle est l'attitude de Zadig à l'égard des convives ? Comment sa prise de parole se déroule-t-elle ? À qui peut-on alors comparer Zadig ?

4. Quel effet produit la dernière phrase, quel est son registre ? En quoi est-elle également une conclusion de l'auteur sur cet épisode ?

VERS L'ÉPREUVE

ARGUMENTER, COMMENTER, RÉDIGER

L'étude de l'argumentation dans l'œuvre intégrale privilégie deux objets :

- L'argumentation dans l'œuvre. *Chaque genre littéraire, chaque œuvre intégrale exprime un point de vue sur le monde. Un roman, une pièce de théâtre, un recueil de poésies peuvent défendre des thèses à caractère esthétique, politique, social, philosophique, religieux, etc. Ordonner les épisodes d'une œuvre intégrale, élaborer le système des personnages, recourir à tel ou tel procédé de style, c'est aussi, pour un auteur, se donner les moyens d'imposer un point de vue ou d'en combattre d'autres. Ce premier aspect est étudié dans une présentation synthétique, adaptée à la particularité de l'œuvre étudiée.*
- L'argumentation sur l'œuvre. *Après publication, les œuvres suscitent des sentiments qui s'expriment dans des lettres, des articles de presse, des ouvrages savants... Chaque réaction exprime donc un point de vue sur l'œuvre, loue ses qualités, blâme ses défauts ou ses excès, éclaire ses enjeux. Une série d'exercices permet d'analyser des réactions publiées à différentes époques, dans lesquelles les lecteurs de l'œuvre, à leur tour, entendent faire partager leurs enthousiasmes, leurs doutes ou leurs réserves.*

Quelle vision du monde, quelles valeurs une œuvre véhicule-t-elle, et comment se donne-t-elle les moyens de les diffuser ? Quelles réactions a-t-elle suscitées, et comment les lecteurs successifs ont-ils voulu imposer leurs points de vue ? L'étude de l'argumentation dans l'œuvre et à propos de l'œuvre permet de répondre à cette double série de questions.

L'ARGUMENTATION DANS LE CONTE PHILOSOPHIQUE

Le but du conte philosophique est de dénoncer, de critiquer les abus et les préjugés dans différents domaines (religieux, politique et social notamment). Il convient donc de préciser le contenu et les moyens de ces critiques portant sur le fonctionnement de la société. Quels abus le conte dénonce-t-il ? Comment procède-t-il, à quels moyens a-t-il recours ?

LES THÈMES DE LA CRITIQUE

Critique sociale : la satire de la justice

La critique des institutions judiciaires trouve sa place dans le conte philosophique. Les méthodes expéditives de la justice sont abordées au chapitre 3, où Zadig est accusé d'avoir volé le cheval du roi et la chienne de la reine, il est alors condamné « au knout et à passer le reste de ses jours en Sibérie » ; devant leur erreur, les juges « furent dans la douloureuse nécessité de réformer leur arrêt ; mais ils condamnèrent Zadig à payer quatre cents onces d'or [...]. Il fallut d'abord payer cette amende, après quoi il fut permis à Zadig de plaider sa cause » (p. 21).

La justice commet des erreurs ; ses sentences sont disproportionnées, elle est corrompue. Cela se confirme au chapitre 4 : « on le fit mettre en prison [...]. Son procès fut bientôt fait, sans qu'on daignât l'entendre [...]. On ne lui permit pas de parler, parce que ses tablettes parlaient. Telle était la loi de Babylone » (p. 28). Zadig est donc victime des manigances de l'envieux et se retrouve à nouveau emprisonné à tort. Le chapitre 13 revient sur ses déboires avec la justice :

> [...] le sort qui s'obstinait à se jouer de lui et à le persécuter. « Quoi ! disait-il, quatre cents onces d'or pour avoir vu passer une chienne ! condamné à être décapité pour quatre mauvais vers à la louange du roi ! près d'être étranglé parce que la reine avait des babouches de la couleur de mon bonnet ! réduit en esclavage pour avoir secouru une femme qu'on battait ! et sur le point d'être brûlé pour avoir sauvé la vie à toutes les jeunes veuves arabes ! » (p. 68)

Zadig dénonce également la vénalité de la justice à travers les déboires du pêcheur exposés au chapitre 15.

La structure du conte, qui accumule les péripéties et épreuves, sert donc la satire des institutions, présentées comme coupables d'erreurs successives que le conte rapporte minutieusement. Les rencontres, les récits ou les récapitulations fournissent ainsi l'occasion pour le conteur d'exposer son argumentation au lecteur, sans cesse confronté au spectacle de nouveaux abus de l'institution judiciaire.

La satire politique

Pour cerner plus précisément les critiques de Voltaire dans ce domaine, il faut se prêter au jeu de la transposition. Ce pays éloigné dans le temps et l'espace, cet Orient à la fois historique et mythique, est aussi le reflet du cadre dans lequel évolue Voltaire. Ainsi les intrigues de la cour de Babylone évoquent celles de la cour de Louis XV. Voltaire, qui a souffert de la jalousie, de la censure et de l'arbitraire, rêve d'un monarque libéral, d'un despote éclairé, comme on peut le lire dans les chapitres où Zadig est Premier ministre, au chapitre 6, ou encore lorsqu'il devient roi, au chapitre 19.

La satire politique passe par l'image du roi Moabdar, le roi influençable et tyrannique, et par l'enchaînement même des événements du conte. En effet, la péripétie, qui nous expose la considérable dégradation de la situation du héros par rapport à la situation initiale, souligne la versatilité et les caprices du pouvoir. Zadig, au faîte de la puissance, est brutalement dépouillé de ses privilèges, situation que Voltaire lui-même connut à la cour de Versailles. En 1740, il est rappelé à la cour, après en avoir été écarté, nommé historiographe du roi, et jouit alors d'une grande reconnaissance. Mais il en est à nouveau rejeté, en raison de son esprit de provocation qui agace la reine, le roi ainsi que sa favorite, Mme de Pompadour, à laquelle Missouf – la courtisane dont Voltaire précise que son nom signifie « la belle capricieuse » – fait irrésistiblement penser.

L'organisation du système des personnages, répartis en opposants et en adjuvants, permet de faire la satire de la cour. L'affrontement entre les différents personnages stéréotypés (Arimaze, le conseiller jaloux, s'oppose à Coreb, l'honnête conseiller victime des intrigues des courtisans envieux) illustre les intrigues de l'entourage du pouvoir, l'atmosphère irrespirable de la cour et l'injustice de son fonctionnement. Dès le chapitre 1, Voltaire en dénonce les pratiques :

> On était étonné de voir qu'avec beaucoup d'esprit il n'insultât jamais par des railleries à ces propos si vagues, si rompus, si tumultueux, à ces médisances téméraires, à ces décisions ignorantes, à ces turlupinades grossières, à ce vain bruit de paroles, qu'on appelait conversation dans Babylone. (p. 11)

La structure du conte, qui recourt à l'accumulation des différentes rencontres et péripéties, permet à Voltaire de dénoncer les pratiques du pouvoir politique comme la versatilité et l'autorité de Moabdar, la crédulité d'Ogul, le désarroi de Nabussan. Quant à l'épilogue qui, dans un conte, nous conduit nécessairement à une meilleure situation pour le héros du conte, c'est le lieu où Voltaire esquisse un idéal social et moral et se livre à l'apologie du « monarque éclairé ». La confrontation de la situation initiale et de la situation finale du conte est donc riche de sens, puisque la narration oppose l'absolutisme royal du début à l'harmonie finale, obtenue à la fin par une véritable répartition des pouvoirs. Cette situation est digne d'une monarchie à l'anglaise, elle rappelle des analyses que développe Montesquieu dans *L'Esprit des lois* en 1748, c'est-à-dire en même temps que paraît *Zadig*.

Le conte met en valeur la satire et permet à Voltaire d'exposer ses idées de réforme politique. L'épilogue du conte propose une forme d'utopie, de société idéale, semblable à celle de Tahiti dans *Le Supplément au voyage de Bougainville* de Diderot. On peut toutefois se demander, dans les deux cas, quelle est la portée véritable de ces utopies : s'agit-il de proposer un authentique et crédible modèle de société, ou simplement de critiquer la société existante en produisant sous ses yeux un simple miroir inversé d'elle-même, afin de la conduire à se réformer ?

La critique idéologique : la dénonciation du fanatisme

La mise en cause du fanatisme et des superstitions passe par la dénonciation des prêtres, présentés dans les chapitres 4 et 13 comme des êtres cruels, uniquement soucieux de leurs propres intérêts. Ils sont déconsidérés par l'intermédiaire de personnages tels que Yébor, « le plus sot des Chaldéens, et partant le plus fanatique. Cet homme aurait fait empaler Zadig pour la plus grande gloire du soleil, et en aurait récité le bréviaire de Zoroastre d'un ton plus satisfait » (chapitre 4, p. 25-26).

On peut rapprocher cette dénonciation du fanatisme (« il faut empaler Zadig pour avoir mal pensé des griffons, et l'autre pour avoir mal parlé des lapins », p. 26) de celle du chapitre 6 de *Candide*, dans lequel sont évoquées les déconvenues du jeune héros et de son précepteur, condamnés au bûcher « l'un pour avoir parlé et l'autre pour avoir écouté d'un air d'approbation ». Les deux contes philosophiques se rejoignent dans le détour par la fiction pour mieux remettre en question la société contemporaine.

L'attitude des prêtres est également raillée au chapitre 13, qui suit la dénonciation de la coutume du bûcher des veuves, dans des termes qui préfigurent aussi *Candide* : « les prêtres des étoiles avaient résolu de le punir. Les pierreries et les ornements des jeunes veuves qu'ils envoyaient au bûcher leur appartenaient de droit [...] et ils l'auraient fait sans doute, si Zadig avait eu de quoi les payer. Mais, dans l'excès de leur douleur, ils se contentèrent de le condamner à être brûlé à petit feu » (p. 65). Ce dernier détail se retrouve également dans *Candide*, où il est rapporté dans un but analogue : « Il était décidé par l'université de Coïmbre que le spectacle de quelques personnes brûlées à petit feu, en grande pompe, est un secret infaillible pour empêcher la terre de trembler » (chapitre 6).

Ainsi les contes philosophiques, et en particulier *Zadig*, portent-ils les prémisses de la lutte contre l'Infâme menée par Voltaire, et dont l'apogée sera « l'affaire Calas » de 1762 à 1765. L'intolérance religieuse est une des principales cibles de Voltaire.

Critique politique, satires de la cour, de la justice et du fanatisme religieux font de *Zadig*, au même titre que *Candide*, un conte philosophique où la fiction est sans cesse porteuse d'une remise en question de la société, de ses pratiques et de ses croyances. Le conte philosophique joue constamment sur un double registre : il est ludique et sérieux, il procure le dépaysement en même temps qu'il suscite la réflexion et se joue de la censure pour le plus grand plaisir du lecteur. Ainsi Voltaire sert son combat tout en ayant recours aux moyens efficaces, propres au conte, pour convaincre et surtout pour séduire son lecteur.

LES MOYENS DE LA DÉNONCIATION : L'IRONIE AU SERVICE DE LA STRATÉGIE ARGUMENTATIVE DANS *ZADIG*

L'utilisation du registre ironique permet de critiquer et de dénoncer une thèse de diverses façons. L'ironie passe par la mise en valeur du caractère illogique ou absurde d'une idée, et ce par des moyens divers. Le récit peut nous exposer des événements entre lesquels il se refuse à établir un lien de coordination explicite. Le registre ironique s'appuie parfois sur des figures de style spécifiques telles que l'hyperbole ou l'antiphrase. De même, l'absence de logique est dénoncée en mettant en évidence la disproportion entre certaines causes et certaines conséquences. L'ironie peut reposer également sur la mise en place systématique de systèmes d'oppositions de tous ordres, qui concernent aussi bien le lexique que la construction globale des personnages.

L'asyndète, le défaut de coordination

Voltaire a recours à des procédés identiques, que ce soit pour dénoncer le fanatisme religieux lorsqu'il évoque l'entrée des fidèles dans le temple de Mithra :

> Il y avait une grande querelle dans Babylone, qui durait depuis quinze cents années, et qui partageait l'empire en deux sectes opiniâtres : l'une prétendait qu'il ne fallait jamais entrer dans le temple de Mithra que du pied gauche ; l'autre avait cette coutume en abomination, et n'entrait jamais que du pied droit. (chapitre 7, p. 39)

ou pour tourner en ridicule les croyances prétendument scientifiques :

> Zadig fut guéri parfaitement. Hermès écrivit un livre où il prouva qu'il n'avait pas dû guérir. Zadig ne le lut point. (chapitre 1, p. 14)

Dans les deux cas, Voltaire juxtapose des propositions qu'unissent très peu de liens logiques, voire aucun, afin de provoquer le rire par l'absurdité du raisonnement pris en défaut.

On retrouve ce même procédé dans *Candide*, au chapitre 6, où Voltaire écrit que « le spectacle de quelques personnes brûlées à petit feu, en grande pompe, est un secret infaillible pour empêcher la terre de trembler » et conclut son exposé des mesures prises par l'Église après le premier tremblement de terre par cette phrase lapidaire et lourde de moquerie : « Le même jour la terre trembla de nouveau avec un fracas épouvantable. »

Dans tous les cas, le texte juxtapose des séries d'événements entre lesquels il nous laisse le soin de trouver le rapport ou l'absence de rapport. L'humour de ces juxtapositions est un moyen sûr d'emporter l'adhésion du lecteur en provoquant son rire. Ainsi, au chapitre 13, Zadig récapitule son étrange destin, dans une suite de phrases juxtaposées qui accumulent les preuves de la bêtise, de l'ingratitude et de la jalousie du genre humain : « "Quoi ! disait-il, quatre cents onces d'or pour avoir vu passer une chienne ! condamné à être décapité pour quatre mauvais vers à la louange du roi ! près d'être étranglé parce que la reine avait des babouches de la couleur de mon bonnet ! réduit en esclavage pour avoir secouru une femme qu'on battait ! et sur le point d'être brûlé pour avoir sauvé la vie à toutes les jeunes veuves arabes !" » (p. 68). L'accumulation provoque ici le rire et souligne par là l'absurdité, l'injustice du sort du héros.

Hyperbole et antiphrase

L'antiphrase et l'hyperbole sont des figures de style auxquelles le registre ironique a souvent recours. Elles soulignent la bêtise des prétendus savoirs et croyances en feignant d'y adhérer dans un premier temps.

Si l'on reprend le chapitre 1, on remarque que l'entrée en scène du personnage d'Hermès était préparée de manière à rendre la chute encore plus efficace :

> On envoya jusqu'à Memphis chercher le grand médecin Hermès, qui vint avec un nombreux cortège. Il visita le malade, et déclara qu'il perdrait l'œil ; il prédit même le jour et l'heure où ce funeste accident devait arriver. [...] Tout Babylone, en plaignant la destinée de Zadig, admira la profondeur de la science d'Hermès. Deux jours plus tard, l'abcès perça de lui-même ; Zadig fut guéri parfaitement. (p. 13-14)

L'hyperbole, qui multiplie les marques de respect au personnage, relaie le point de vue de l'opinion publique, que le narrateur fait semblant de reprendre à son compte afin de dénoncer dans la chute qui suit la superstition générale d'une part, et l'imposture du prétendu savant d'autre part. On retrouve ce procédé dans « De l'esclavage des nègres », extrait de *L'Esprit des lois* de Montesquieu (1748), où l'auteur feint également d'adhérer aux thèses esclavagistes qu'il combat en réalité avec la plus grande virulence. Hyperbole et antiphrase se rejoignent pour atteindre toute la force de persuasion et de dénonciation de l'ironie.

Si l'ironie détruit donc par le rire les arguments adverses, elle en dénonce également la cruauté avec une légèreté feinte : « Un savant, qui avait composé treize volumes sur les propriétés du griffon, et de plus était plus grand théurgite, se hâta d'aller accuser Zadig devant un archimage [...]. Cet homme aurait fait empaler Zadig pour la plus grande gloire du soleil, et en aurait récité le bréviaire de Zoroastre d'un ton plus satisfait » (chapitre 4, p. 25-26).

Les termes apparemment élogieux et admiratifs font d'autant plus ressortir, par effet de contraste, la cruauté extrême et les excès intolérables du fanatisme et de la superstition.

Les jeux logiques : la disproportion entre les causes et les conséquences

Ce procédé comique – qui sera surtout employé dans *Candide* (1759) pour caricaturer les théories de Leibniz, contre lesquelles Voltaire s'élève alors avec violence – est déjà présent dans *Zadig*. Il sert à dénoncer la cruauté des sentences de la justice au regard des crimes imputés.

Ainsi le chapitre 4 met en scène la barbarie de Yébor : « il faut empaler Zadig pour avoir mal pensé des griffons, et l'autre pour avoir mal parlé des lapins ». Ce jeu de disproportion entre les causes et les conséquences se retrouve dans *Candide* à propos du fanatisme religieux, au chapitre 6, où le texte souligne que des personnages sont condamnés « l'un pour avoir parlé et l'autre pour avoir écouté d'un air d'approbation ». L'ironie est ainsi véritablement destructrice : elle met en évidence le total défaut de logique des adversaires du narrateur.

Le jeu des oppositions

Aux excès du fanatisme, à l'absurdité des théories des imposteurs, le conte oppose la sagesse, la modération et la réflexion de Zadig. « Le grand veneur et le premier eunuque ne doutèrent pas que Zadig n'eût volé le cheval du roi et la chienne de la reine. [...] À peine le jugement fut-il rendu qu'on retrouva le cheval et la chienne » (chapitre 3, p. 21). Ce troisième chapitre se clôt sur la réflexion de Zadig, qui « vit combien il était dangereux quelquefois d'être trop savant, et se promit bien, à la première occasion, de ne point dire ce qu'il avait vu » (p. 23). Aux préjugés de certains personnages, qui ne se fondent que sur leurs intuitions (comme le signale l'emploi de l'expression « ne doutèrent pas »), s'oppose la capacité de déduction du héros qui repose, elle, sur l'expérience, l'observation et la réflexion : Zadig, pour sa part, « vit » et « se promit bien » d'agir autrement dorénavant.

La figure de l'antithèse permet de rendre compte de certaines évolutions de l'intrigue. C'est la loi des contraires qui explique par exemple pourquoi Zadig se fait un nouvel ennemi : « Cet homme, qu'on appelait l'Envieux dans Babylone, voulut perdre Zadig parce qu'on l'appelait l'Heureux » (chapitre 4, p. 27). Plus généralement, Zadig, porteur des valeurs de référence des Lumières, est constamment en lutte contre des ennemis : à chaque fois, le combat se termine par la victoire éclatante du héros, représentant des Lumières. En multipliant les oppositions de tous ordres et de tous niveaux, le conte souligne l'âpreté du combat qui oppose les Lumières à l'obscurantisme.

GROUPEMENT DE TEXTES : JUGEMENTS CRITIQUES

Les réflexions et jugements réunis ci-dessous ont été formulés à différentes époques. Après les avoir lus, vous répondrez aux questions posées.

TEXTE 11 • Jean-Jacques Rousseau, *Confessions* (1770), livre IX

Rousseau fut opposé à Voltaire sur de nombreuses questions au centre des réflexions des Lumières, en particulier sur la question de la Providence et du mal.

> Voltaire, en paraissant toujours croire en Dieu, n'a réellement jamais cru qu'au diable, puisque son Dieu prétendu n'est qu'un être malfaisant qui, selon lui, ne prend de plaisir qu'à nuire. L'absurdité de cette doctrine, qui saute aux yeux, est surtout révoltante dans un homme comblé de biens, qui, du sein du bonheur, cherche à désespérer ses semblables par l'image affreuse et cruelle de toutes les calamités dont il est exempt. Autorisé plus que lui à compter et peser les maux de la vie humaine, j'en fis l'équitable examen, et je lui prouvai que de tous ces maux, il n'y en avait pas un dont la Providence ne fut disculpée, et qui n'eût sa source dans l'abus que l'homme a fait de ses facultés plus que dans la nature elle-même…

1. Reformulez la thèse de Rousseau.

2. Quels passages de *Zadig* montrent précisément la responsabilité des hommes dans leur destin ?

TEXTE 12 • Chateaubriand, *Le Génie du christianisme* (1802)

Le XIXe siècle consacre le romantisme et Rousseau. Au culte de la raison et à la dénonciation ironique, ce mouvement littéraire préfère la mise en valeur de la sensation et du sentiment. De plus, on y relève un regain de sentiment religieux. Ainsi, Chateaubriand est bien représentatif de la génération romantique, dans ses reproches adressés à Voltaire.

> Excepté dans quelques-uns de ses chefs-d'œuvre, il n'aperçoit que le côté ridicule des choses et des temps, et montre sous un jour hideusement gai l'homme à l'homme. Il charme et fatigue par sa mobilité, il vous enchante et vous dégoûte ; [...] il serait insensé s'il n'était si sage, et méchant si sa vie n'était remplie de traits de bienfaisance.

1. Quelles critiques Chateaubriand formule-t-il à l'égard de l'œuvre de Voltaire ?

2. Vous paraissent-elles justifiées ? Pourquoi ?

TEXTE 13 • Alfred de Musset, « Rolla » (1833)

Dans la même optique, le poète romantique Musset fait le portrait de Voltaire dans son poème « Rolla ».

> Dors-tu content, Voltaire, et ton hideux sourire
> Voltige-t-il encor sur tes os décharnés ?
> Ton siècle était, dit-on, trop jeune pour te lire ;
> Le nôtre doit te plaire, et tes hommes sont nés.
> Il est tombé sur nous, cet édifice immense
> Que de tes larges mains tu sapais nuit et jour.
> La Mort devait t'attendre avec impatience,
> Pendant quatre-vingts ans que tu lui fis ta cour ;
> Vous devez vous aimer d'un infernal amour.

1. Quel est le registre de ce poème ? Que reproche essentiellement Musset à Voltaire ?

2. Reformulez la thèse de Musset. Se vérifie-t-elle à la lecture de *Zadig* ? Pourquoi ? Vous répondrez par un développement argumenté.

TEXTE 14 • Stendhal, *Vie de Henry Brulard* (1890)

On retrouve le même type de reproches dans cet extrait de Stendhal.

> Je détourne les yeux [...] du fond méchant de *Zadig* [...] et autres ouvrages de Voltaire.

1. Justifiez l'emploi par Stendhal de l'expression « fond méchant de *Zadig* » et donnez votre avis sur cette thèse dans un paragraphe argumenté.

TEXTE 15 • René Pomeau, *Voltaire par lui-même* (1955)

René Pomeau définit ici l'« esprit » voltairien.

> Voltaire s'amuse. Puis il est sérieux, paradoxal, ironique ; il traite des plus graves questions à partir des plus minces sujets, ou l'inverse. [...] C'est une fête pour l'esprit que de retrouver toutes les matières, ou peu s'en faut, de la culture humaine, repensées et exprimées [...] par l'un des hommes les plus intelligents et les plus vivants qui aient jamais été [...].
>
> L'esprit voltairien a pénétré peu ou prou tous les esprits. [...] Voltaire a rendu intolérables des superstitions, des abus ecclésiastiques qui ne renaîtront plus, quand l'Église, après la tempête, renaîtra. [...] Il est incontestable aussi que Voltaire a vulgarisé en France un esprit de critique qui ne s'en laisse pas conter. À l'époque romantique, quand le « hideux sourire » est officiellement réprouvé, le doute voltairien subsiste pourtant dans des âmes nullement voltairiennes. Un cas typique est celui de Nerval : l'amant mystique d'Aurélia se déclare « fils de Voltaire » !

1. À quelles critiques René Pomeau répond-il ?

2. Quel a été le rôle de Voltaire selon lui ?

3. Quelle est la stratégie de Voltaire mise en valeur par ces propos ?

TEXTE 16 • Jacques Van den Heuvel, *Voltaire dans ses contes* (1967)

Jacques Van den Heuvel caractérise ici le conte voltairien.

> C'est en heurtant violemment l'un contre l'autre ces deux aspects de la fable orientale, mystérieuse opacité du destin, lumineuse sagacité de l'homme, que Voltaire fait surgir la vérité profonde des *Mille et un*, dont *Zadig* est l'expression achevée. Dans cette exploitation

philosophique d'une tradition romanesque, Voltaire gagne ainsi sur les deux tableaux : sur celui du pittoresque, puisque *Zadig* y prend une couleur orientale, et sur celui de la pensée, puisqu'ainsi se trouve pleinement posé le problème de l'homme vu dans son rapport avec les forces obscures au milieu desquelles il se débat.

1. Quelles sont les caractéristiques de *Zadig* évoquées par Jacques Van den Heuvel ?

2. Quels sont les buts visés par l'œuvre de Voltaire et comment les sert-il ?

TEXTE 17 • Jacques Van den Heuvel, Présentation de *Zadig*

Gallimard, coll. « Bibliothèque de la Pléiade », 1979

Jacques Van den Heuvel précise les rapports entre *Zadig* et les théories de Leibniz.

[...] la Providence, ayant pour but l'arrangement général, ne saurait être mise en doute au nom de certaines vues particulières. Tout passe par ses voies nécessaires et incompréhensibles. Il n'existe pas d'exercice direct de la liberté, non plus que de rémunération directe de nos actes. Telle semble bien, sous l'influence de Leibniz, la position de Voltaire dans les années qui précèdent immédiatement la composition de *Zadig*. [...] cet essai de conciliation entre liberté et nécessité passe par le biais d'une Providence. Il est fort probable que *Zadig* a été écrit à un moment où Voltaire essaie encore de se rattacher, malgré de nombreuses difficultés, il est vrai, aux arguments providentialistes de Leibniz. [...]

Zadig se définit essentiellement par sa référence à autrui. C'est au nom de l'humanité qu'il vole au secours de la femme battue. C'est aussi au nom de l'humanité qu'il sauve du bûcher la jeune veuve Almona. À la fois savant, sage, homme du monde, législateur, saint et héros, il incarne les vertus essentielles d'une civilisation, cette civilisation qui pour Voltaire est destinée à s'épanouir à travers l'histoire. [...] Cette leçon de philosophie agissante, Voltaire ne l'a pas oubliée non plus lorsqu'il fait de Zadig un héros et un chevalier. [...]

Zadig représente un de ces foyers de lumière, un de ces êtres en communication constante avec l'idéal, et dont le rôle est de régénérer l'humanité en l'arrachant aux forces obscures. [...] L'histoire de Zadig se déroule sur le même fond d'erreurs et d'horreurs. Contre ce chaos des superstitions populaires, il doit faire resplendir l'ordre de la justice et de la vérité. Il apparaît tout au long du conte comme un être de lumière.

1. À quelles critiques Jacques Van den Heuvel répond-il ?

2. Quelle est la thèse de Van den Heuvel ? Quels en sont les arguments ? Relevez les antithèses sur lesquelles il fait reposer son argumentation.

TEXTE 18 • Frédéric Deloffre, Introduction de *Zadig*

Gallimard, coll. « Bibliothèque de la Pléiade », 1979

Frédéric Deloffre expose le rôle du conte voltairien dans le combat des philosophes du XVIIIe siècle.

[...] le voyage est le moyen de faire voir avec des yeux neufs un monde où règne ce que Voltaire appelle des préjugés. De même que tous les contes sont des voyages, tous ces voyages sont des voyages philosophiques soit dans un monde dominé par l'obscurantisme [...], soit dans le monde des lumières [...], soit dans un monde encore partagé entre le bien et le mal [...].

1. À quel genre littéraire Frédéric Deloffre fait-il référence par le mot « voyage » ? Quel rôle attribue-t-il au voyage ?

2. Reformulez la thèse de Deloffre et exprimez votre avis en vous appuyant sur des exemples précis de l'œuvre.

SUJETS

INVENTION ET ARGUMENTATION

Sujet 1

Écrivez la lettre de la censure adressée à Monsieur le cadilesquier, qui décrie l'œuvre et la présente comme un ouvrage détestable. Vous veillerez à respecter les caractéristiques du genre de la lettre et à exploiter des arguments et exemples précis tirés de *Zadig*.

Sujet 2

Écrivez la réponse de Sheraa à Sadi après avoir lu l'œuvre, en tenant compte du caractère que lui prête ce dernier dans l'épître dédicatoire. Vous montrerez en quoi l'œuvre correspond au portrait de la sultane, à ses goûts et à son esprit.

Sujet 3

Au chapitre 16, Astarté fait le récit à Zadig de ses mésaventures. Imaginez celui que fait le héros à la reine qu'il vient de retrouver. Zadig revient sur son destin et son parcours, et il fait part de ses réflexions et interrogations à Astarté.

Sujet 4

Dans un dialogue avec un ami, vous envisagez les raisons qui expliquent le charme, l'attrait et l'intérêt de lire actuellement des contes de Voltaire. Veillez à utiliser des arguments et des exemples précis, ainsi qu'à adopter un registre de langue correct malgré les contraintes de l'oralité.

Sujet 5 : analyse d'image

Étudiez l'attitude des deux personnages dans la gravure ci-contre. Que met-elle en valeur ?
Cette illustration correspond-elle à ce que vous attendiez, à la lecture du chapitre 18 ?

Sujet 6 : analyse d'image

Étudiez la photographie p. 182-183.
De quels passages du texte peut-on la rapprocher ?
Les choix de cette mise en scène vous paraissent-ils conformes à l'image que vous aviez de ces trois personnages à la lecture de l'œuvre ?

Zadig et l'ange Jesrad. Gravure de 1867.
ph © collection Grob/Kharbine-Tapabor

Mise en scène de Jean-Louis Barrault, théâtre d'Orsay, 1978.
Avec Jean Pierre Granval (Orcan), Nita Klein (Astarté), Michel Herbault (Moabdar).
ph © Agence Bernand/Enguerand

COMMENTAIRES

Sujet 7

TEXTE 19 • Voltaire, *Zadig*, chapitre 1, « Le Borgne »

Jamais il n'y eut un cœur [...] servit même à le consoler.

> PAGES 13-14, LIGNES 59-89

Après avoir répondu aux questions suivantes, vous commenterez cet extrait de l'œuvre. Vous vous attacherez en particulier à étudier les objets et les moyens de la satire.

1. Quelle image Voltaire donne-t-il de la femme ? Montrez que l'amour de Sémire pour Zadig semble sincère, et relevez les éléments de ce passage qui en font une parodie des romans galants.

2. Par quels procédés l'ironie de Voltaire se manifeste-t-elle ? Quels en sont les effets ?

3. Montrez comment le narrateur met en doute la prétendue science d'Hermès.

4. Quelle conclusion Zadig tire-t-il de cette mésaventure ? En quoi celle-ci annonce-t-elle les épreuves que va devoir affronter le héros ?

Sujet 8

TEXTE 20 • Voltaire, *Zadig*, chapitre 13, « Les Rendez-Vous »

Elle se parfuma [...] que l'étoile Sheat vînt à paraître.

PAGES 65-67, LIGNES 21-64

Après avoir répondu aux questions suivantes, vous commenterez cet extrait de l'œuvre en étudiant en particulier le pastiche du style oriental et la satire des dignitaires religieux.

1. Relevez les marques de l'exotisme et du pittoresque. Quel climat créent-elles ? Quel est leur rôle, en quoi servent-elles la satire ?

2. Étudiez la description d'Almona : quel type de textes est ainsi parodié ?

3. Relevez les marques de l'humour et de l'ironie dans la réaction du prêtre.

Sujet 9

TEXTE 21 • Voltaire, *Zadig*, chapitre 8, « La Jalousie »

Cependant, au milieu de la nuit [...] son voyage vers l'Égypte.

> PAGES 46-47, LIGNES104-143

Après avoir répondu aux questions suivantes, vous commenterez cet extrait de l'œuvre. Vous vous attacherez par exemple à montrer en quoi ce passage est un tournant du conte et correspond à un moment caractéristique du genre.

1. Quel est le point de vue utilisé dans ce récit ? Quel en est l'effet produit ?

2. Étudiez l'expression des sentiments de Zadig, notamment à travers les figures de style et la syntaxe. Quel est le registre de ce passage ? Comment le lecteur y réagit-il ?

3. Comment l'incohérence de la destinée de Zadig est-elle mise en valeur ? Étudiez la réflexion de Zadig et l'image donnée de la condition humaine.

Sujet 10

TEXTE 22 • Voltaire, *Zadig*, Appendice, « La Danse »

Le roi Nabussan confia sa peine [...] *le corridor de la tentation.*

PAGES 106-108, LIGNES 30-81

Après avoir répondu aux questions suivantes, vous commenterez cet extrait de l'œuvre. Vous vous attacherez par exemple à montrer le comique de situation au service de la satire de la cour.

1. Comment le conteur entretient-il l'énigme ? À quel moment comprend-on le stratagème de Zadig ?

2. Relevez les éléments qui contribuent à donner la couleur orientale.

3. Repérez les procédés et les figures de la raillerie.

DISSERTATIONS

Sujet 11

Le critique Émile Faguet (1847-1916) affirme : « Un roman de Voltaire, c'est une idée de Voltaire se promenant à travers des aventures divertissantes destinées à lui servir d'illustrations et de preuves. »
Commentez et discutez ce jugement sur le conte philosophique en vous appuyant sur des exemples précis tirés de *Zadig* et des autres contes de Voltaire que vous connaissez.

■ Indications pour traiter le sujet
La citation se présente comme une définition. Il faut donc voir si elle rend compte de tous les aspects des contes voltairiens : le conte est-il totalement au service du combat philosophique de l'auteur ? Quels sont ses buts et ses moyens ? Se réduit-il à un apologue ? Quelles sont ses particularités en ce qui concerne Voltaire ?
Vous pourrez donc montrer dans une première partie en quoi le conte voltairien sert les idées et le combat philosophiques ; puis, vous cernerez les moyens propres au conte pour servir ce combat, sans omettre le charme et l'attrait de la fiction ; enfin, vous élargirez la réflexion à une attitude prônée par l'auteur, à un questionnement de la réalité – plus qu'à une idée – dont l'auteur voudrait convaincre son lecteur.

Sujet 12

Dans une lettre à Jacob Vernes datée du 15 avril 1767, Voltaire affirme : « J'écris pour agir. »
Vous expliquerez et commenterez le rapport de *Zadig* et des autres œuvres de Voltaire que vous connaissez avec ce projet.

■ Indications pour traiter le sujet
Il faut définir la problématique autour de la contradiction entre le verbe « écrire », utilisé sans complément et la volonté de l'écrivain de ne considérer son œuvre que comme un moyen au service de son combat et non comme une fin en elle-même. Que signifie « agir » pour un écrivain, comment Voltaire agit-il sans cesser d'être écrivain ? Comment expliquer le succès des contes de Voltaire alors que son combat ne connaît plus la même actualité ?
Le plan doit donc d'abord replacer les contes dans l'optique des philosophes des Lumières, c'est-à-dire leurs combats, leurs prises de risque et leurs engagements ; puis il s'agit d'expliquer le choix de Voltaire pour la forme du conte en fonction de cette affirmation, quelle est l'efficacité du conte par rapport aux autres formes littéraires liées à ce combat ; enfin, il faut dégager le côté intemporel des contes, l'effet produit sur le lecteur, le charme, la séduction d'un genre parodié, mais aussi envisager la vision de l'auteur sur le monde, l'attitude qu'il enseigne aux lecteurs mais également la dérision qu'il implique et qui a de l'effet sur tous les lecteurs de Voltaire : lire et agir ? Lire et réfléchir ? Participer à l'œuvre : quels sont le rôle et l'attitude du lecteur de contes voltairiens ?

BIBLIOGRAPHIE

Éditions de Zadig

VOLTAIRE, *Romans et Contes*, éd. Frédéric Deloffre avec la collaboration de Jacques Van den Heuvel, Gallimard, coll. « Bibliothèque de la Pléiade », 1979.

VOLTAIRE, *Micromégas, Zadig, Candide*, éd. René Pomeau, Flammarion, coll. « GF », 1994.

Sur Voltaire et Zadig

DEBAILLY (Pascal), *Zadig, Micromégas*, Hatier, coll. « Profil d'une œuvre », 2001.

DUMESTE (Marie-Hélène), *Le Conte philosophique voltairien*, Hatier, coll. « Profil histoire littéraire », 1995.

POMEAU (René), *Voltaire*, Éd. du Seuil, coll. « Écrivains de toujours », 1955.

POMEAU (René), *La Religion de Voltaire*, Nizet, 1956.

VAN DEN HEUVEL (Jacques), *Voltaire dans ses contes*, Colin, 1967.

Collection Classiques & Cie

6 Abbé Prévost
Manon Lescaut

11 Balzac
Histoire des Treize
(Ferragus - La Duchesse de Langeais - La Fille aux yeux d'or)

3 Balzac
La Peau de chagrin

34 Balzac
Le Père Goriot

20 Baudelaire
Les Fleurs du mal

15 Beaumarchais
Le Mariage de Figaro

2 Corneille
L'Illusion comique

17 Flaubert
Madame Bovary

4 Hugo
Le Dernier Jour d'un condamné

21 Hugo
Ruy Blas

8 Jarry
Ubu roi

36 La Bruyère
Les Caractères
(De la ville - De la cour
Des grands - Du souverain
ou de la république)

5 Laclos
Les Liaisons dangereuses

14 Lafayette (Mme de)
La Princesse de Clèves

12 Marivaux
Le Jeu de l'amour et du hasard

30 Maupassant
Bel-Ami

18 Maupassant
Nouvelles

27 Maupassant
Pierre et Jean

1 Molière
Dom Juan

19 Molière
L'École des femmes

25 Molière
Le Misanthrope

9 Molière
Le Tartuffe

10 Musset
Lorenzaccio

26 Rabelais
Pantagruel - Gargantua

31 Racine
Andromaque

22 Racine
Bérénice

23 Racine
Britannicus

7 Racine
Phèdre

16 Rousseau
Les Confessions

32 Stendhal
Le Rouge et le Noir

13 Voltaire
Candide

24 Voltaire
L'Ingénu

33 Voltaire
Zadig

28 Zola
Germinal

Achevé d'imprimer par Grafica Veneta à Trebaseleghe - Italie
Dépôt légal n° 96223-3/01 - Janvier 2012